中華書局

作文引用

第二版

古詩文名句

周奉真 編著

□ 封面設計：明日設計事務所

作文引用古詩文名句
（第 2 版）

□
編著
周奉真

□
出版
中華書局（香港）有限公司
香港北角英皇道 499 號北角工業大廈一樓 B
電話：(852) 2137 2338　傳真：(852) 2713 8202
電子郵件：info@chunghwabook.com.hk
網址：http://www.chunghwabook.com.hk

□
發行
香港聯合書刊物流有限公司
香港新界荃灣德士古道 220-248 號
荃灣工業中心 16 樓
電話：(852) 2150 2100　傳真：(852) 2407 3062
電子郵件：info@suplogistics.com.hk

□
印刷
美雅印刷製本有限公司
香港觀塘榮業街 6 號海濱工業大廈 4 樓 A 室

□
版次
2017 年 10 月第 1 版
2023 年 4 月第 2 版第 2 次印刷
© 2017 2023 中華書局（香港）有限公司

□
規格
32 開（168 mm × 118 mm）

□
ISBN：978-988-8759-10-1

本書經人民教育出版社授權於港澳地區出版發行繁體字版。

目錄

出版說明

本書是專門為中小學生寫作徵引而編寫的名句辭典，收錄名句超過 1400 條，收錄範圍上自先秦、下迄清末，包括詩、詞、曲、賦、雜劇等各類韻文體裁作品，着重收錄長久流傳、膾炙人口、富有哲理、表現力強、至今可資引用的名言佳句。

名句依事類編排，內容主要包括自然與人事，涉及自然的有天地、山川、四時風物、花鳥蟲魚；涉及人事的有政治、軍事、事業、修身、親情、愛情、婚戀等——都是學生日常接觸得到的事物，亦是平常寫作記敍、描寫、抒情、議論等各類文體的常見主題。

本書不單能輔助學生按主題檢索、引用古詩文，豐富文章的內容，它亦是帶領中小學生進入古詩文世界的窗口。作者選編名句時，重視詩教、雅正、文采等文學價值，通過這本小句典將中國文學言之有物、溫柔敦厚、文質彬彬的面貌發揚出來，帶給學生文學觀念。此外，本書廣收各類韻文體裁的名句，亦不以作家知名度的高低為收錄標準，而着重選取具有思想內涵、藝術價值的韻文警句，希冀帶給學生廣闊的文學視野。

誠如蘇軾所言：「腹有詩書氣自華。」同學們只要閒時多讀此書，日子久了，自能陶冶性情，培養出對文學的情趣；並且，在執筆寫作時信手拈來，借古人的名句來抒發己意，亦能為文章增添文采、氣韻。

凡例

（一） 本書條目收錄的時間範圍上自先秦、下迄清末，包括詩、詞、曲、賦、雜劇等各類韻文體裁作品中名句 1400 餘條，依事類編排，共分 22 個大類，164 個小類。

（二） 各類中的名句，按筆畫多少排列，筆畫少的在前，多的在後。

（三） 條目編寫格式，首為名句，次為釋文，末為出處。

（四） 部分條目對名句中的字詞進行注釋。

（五） 名句釋文一般採取直譯，不便直譯者則意譯。

（六） 名句出處一般標明朝代、作者、篇名。

（七） 正文後附有音序索引。

事類索引

理想　抱負

一、理想

大鵬 [1] 一日同風起，扶搖 [2] 直上九萬里。

[1] 大鵬：傳說中的大鳥，由鯤變化而成。

[2] 扶搖：由下而上的旋風。

釋文　大鵬乘風直上，到九萬里高空。作者以大鵬自比，志向高遠，氣魄很大。

唐｜李白｜《上李邕》

丈夫志四海，萬里猶比鄰。

釋文　男子漢志在四方，雖然我們相隔萬里，感到好像就是近鄰一樣。

三國·魏｜曹植｜《贈白馬王彪》之六

生當作人傑，死亦為鬼雄。

釋文　活着時要超羣拔俗，做人中的豪傑；死要慷慨壯烈，成為鬼裏的英雄。

宋｜李清照｜《夏日絕句》

寧為百夫長 [1]，勝作一書生。

[1] 百夫長（zhǎng）：泛指低級軍官。

釋文　寧願做一個小小的軍官，率領軍士效命疆場，也勝似做個書生。

唐｜楊炯｜《從軍行》

壯志飢餐胡虜肉，笑談渴飲匈奴血。

[釋文] 發誓消滅入侵的金人，恨不得吃他們的肉來充飢，談笑間喝他們的血來解渴。

宋｜岳飛｜《滿江紅》

男兒自古多離別，懶對英雄淚滿巾。

[釋文] 男子漢志在四方，離別乃常事，不必哭哭啼啼。

唐｜李咸用｜《別李將軍》

滄海可填山可移，男兒志氣當如斯。

[釋文] 海可以填滿，山可以移動，一個男子漢就應該有這樣的志氣。

宋｜劉過｜《盱眙行》

良馬不念秣 **[1]**，烈士不苟營 **[2]**。

[1] 秣（mò）：牲口的飼料。

[2] 苟營：苟且營求。

[釋文] 好馬志在千里，不會顧及飼料的事；有志氣的人，以天下大事為憂，不苟且謀求個人私利。

唐｜張籍｜《西州》

神龍藏深泉，猛虎步高崗。

[釋文] 神龍潛藏在深淵，猛虎愛在高崗上漫步。

東漢｜曹操｜《卻東西門行》

振衣千仞岡，濯 **1** 足萬里流。

1 濯（zhuó）：洗滌，清洗。

〔釋文〕 在八千尺的山岡上抖動衣服，在萬里長河中洗腳。象徵高士的志向高遠，胸懷博大。

晉｜左思｜《詠史八首》之五

精衞 **1** 銜微木，將以填滄海。
刑天 **2** 舞干戚 **3**，猛志固常在。

1 精衞：古代傳說中的鳥名。《山海經·北山經》記載：發鳩之山上有一種鳥，樣子像烏鴉，頭上有斑紋，白嘴，赤腳，名叫精衞。傳說它是炎帝的小女兒女娃所變成的。女娃淹死在東海裏，就變成了精衞，常從西山叼來木石，想填平東海。

2 刑天：古代傳說中的神名。《山海經·海外西經》記載：刑天跟黃帝爭尊位，黃帝把刑天的頭斬斷了。刑天就以乳為眼，以臍為口，手執兵器繼續戰鬥。

3 干戚：古代的兩種兵器。干，盾牌；戚，大斧。

〔釋文〕 精衞鳥叼來木石，發誓要填平大海；刑天揮舞着盾牌和大斧，到死也不服輸。

晉｜陶淵明｜《讀〈山海經〉十三首》之十

熊魚自古無雙得，鵠（hú）雀如何可共謀。

〔釋文〕 熊掌和魚自古以來都不能同時得到，胸無大志的小鳥哪裏能與鴻鵠共同謀劃大事呢！

宋｜文天祥｜《己卯十月一日至燕越五日罹狴犴有感而賦》之六

燕雀戲藩柴 [1]，安識鴻鵠 [2] 遊。

[1] 藩柴：籬笆。

[2] 鴻鵠 (hú)：天鵝。

【釋文】燕雀在籬笆之間嬉戲，哪裏會懂得鴻鵠遨遊四海的氣概呢？比喻庸人見聞有限，不足以理解志士的胸襟。

三國·魏｜曹植｜《蝦䱇篇》

二、抱負

丈夫畢此願，死與螻蟻 [1] 殊。

[1] 螻蟻：螻蛄和螞蟻。比喻力量微小和地位卑微，無足輕重的人、事、物。

【釋文】大丈夫實現了自己的志願，即使死了也不同於螻蟻。比喻大丈夫應為實現自己的抱負奮鬥不已。

宋｜陸游｜《觀大散關圖有感》

丈夫貴兼濟，豈獨善一身？

【釋文】男子漢貴在為大多數人謀利益，怎麼能只顧自己呢？

唐｜白居易｜《新製布裘》

長風破浪 [1] 會有時，直掛雲帆濟滄海。

[1] 長風破浪：《宋書·宗愨傳》載，劉宋的著名將領宗愨少年時，叔父宗炳問他的志向，他回答說：「願乘長風破萬里浪。」指有抱負，想幹一番事業。

[釋文] 一定會有乘長風破萬里浪的時機，到那時將掛起風帆直渡大海。表現了遠大的政治抱負和強烈的自信心。

唐｜李白｜《行路難》之一

會當凌絕頂，一覽眾山小。

[釋文] 一定要登上泰山的頂峰，俯視羣山的矮小。表達了作者的壯志和毅力。

唐｜杜甫｜《望岳》

壯心未與年俱老，死去猶能作鬼雄。

[釋文] 我的雄心壯志並沒有隨着年齡的增長而衰退，即使死了也能做鬼雄與敵人繼續鬥爭。

宋｜陸游｜《書憤》之一

男兒出門志，不獨為謀身。

[釋文] 男兒離家遠走他鄉，其目的不單是為了糊口謀生。

唐｜杜荀鶴｜《秋宿山館》

理想 抱負

俱懷逸興壯思飛，欲上青天攬明月。

〔釋文〕我們都懷有豪情逸興，飛躍的神思像要騰空而上高高的青天，摘取明月。表達了對美好理想的追求。

唐｜李白｜《宣州謝朓樓餞別校書叔雲》

願隨壯士斬蛟蜃，不願腰間纏錦縧 (tāo)。

〔釋文〕有隨壯士斬蛟蜃的雄心壯志，不貪圖腰纏錦縧的安逸生活。

宋｜蘇軾｜《送李公恕赴闕》

愛國　憂民

一、愛國

寸寸山河寸寸金。

【釋文】 國家的每一寸土地都像一寸黃金一樣值錢。

清｜黃遵憲｜《贈梁任公同年》

鳥飛反 ■ 故鄉兮，狐死必首丘 ■。

■ 反：同「返」，回。

■ 首丘：頭朝向山丘，後成思念故鄉的代名詞。

【釋文】 鳥兒飛得再遠最後還會回到故土；狐狸將死時，必面向着牠出生的山丘。禽獸尚且懷戀故土，說明人不忘祖國和家鄉是必然的。

戰國｜屈原｜《楚辭·九章·哀郢》

苟利國家生死以，豈因禍福避趨之？

【釋文】 假如對國家有好處，即使犧牲生命也心甘情願；難道能有禍就逃避，有福就迎受嗎？

清｜林則徐｜《赴戍登程口占示家人》

誰言咽月餐雲客，中有憂時致主心。

【釋文】 有誰知道這陶醉於自然風光的世外高士，內心飽含愛國熱忱呢？

宋｜楊萬里｜《題劉高士看雲圖》

笛裏誰知壯士心？沙頭空照征人骨。

【釋文】誰能瞭解笛音裏抒發的將士渴望殺敵的心情？無奈他們空守邊地，白白地耗費光陰，只落得明月空照征人白骨的結局。

宋｜陸游｜《關山月》

二、報國

未成報國慚書劍，豈不懷歸畏友朋。

【釋文】難道我不想回家與親人團聚？只因報國未成，害怕受到朋友的譏笑。

宋｜蘇軾｜《九月二十日微雪懷子由弟二首》之二

男兒何不帶吳鈎 [1]，收取關山五十州 [2]。

[1] 吳鈎：吳地出產的一種彎曲的刀。

[2] 五十州：指當時藩鎮割據、中央不能掌管的黃河南北的大片土地，有五十餘州。

【釋文】男兒應該橫刀戰場，去收復失地，建立功勳。

唐｜李賀｜《南園十三首》之五

男子千年志，吾生未有涯。

【釋文】男子有遠大的志向，就算奮鬥一輩子也未算完。

宋｜文天祥｜《南海》

但令身未死，隨力報乾坤 [1]。

[1] 象徵天地，指代國家。

〔釋文〕只要我還活着，就當盡力報效國家。

宋｜文天祥｜《即事》

憑誰問，廉頗老矣，尚能飯否 [1]？

[1] 廉頗老矣，尚能飯否：《史記·廉頗藺相如列傳》載，廉頗在梁客居，趙被強秦所圍困，趙王想再次請廉頗回來解圍，而廉頗也盼望能被起用。趙王派人去梁探視廉頗的健康狀況。廉頗當着趙王派來的人的面，一頓飯吃了一斗米，十斤肉，披甲上馬，以顯示自己尚能領兵作戰。辛棄疾詞中以廉頗自喻，表達了希望被朝廷任用，繼續為國殺敵立功的悲壯蒼涼心情。

〔釋文〕我雖然老了，還和廉頗一樣具有為國殺敵立功的雄心壯志，可是有誰來關心我，重用我呢？

宋｜辛棄疾｜《永遇樂·京口北固亭懷古》

羌管 [1] 悠悠霜滿地，人不寐，將軍白髮征夫淚。

[1] 羌管：這裏指羌笛，它是我國西北羌族的樂器。

〔釋文〕守邊的將士們在秋夜裏聽見悠揚的笛音，面對遍地秋霜，想家想得睡不着。將軍、士卒征戍多年，鬢髮變白，望歸不得，淒愴下淚。表達了詩人堅持抗敵報國的英雄氣概和思念家鄉的情懷。

宋｜范仲淹｜《漁家傲·秋思》

夜闌臥聽風吹雨，鐵馬冰河入夢來。

釋文　夜將盡了，我躺在牀上聽得風雨大作，迷迷糊糊地夢見自己已經在邊疆戍守，騎着戰馬躍過冰河。

宋｜陸游｜《十一月四日風雨大作》

胡 [1] 未滅，鬢先秋，淚空流。此身誰料，心在天山 [2]，身老滄洲 [3]。

[1] 胡：古代泛稱北方和西方的各民族，這裏指金人。

[2] 天山：位於今新疆維吾爾自治區，這裏指前線。

[3] 滄洲：靠水的地方。陸游晚年居住在紹興鏡湖之濱。

釋文　入侵的金人還沒有被消滅，鬢髮卻早已花白了，流淚又有甚麼用。平生立志在邊庭殺敵，如今卻只能老死在家鄉的鏡湖旁。

宋｜陸游｜《訴衷情·當年萬里覓封侯》

捐軀赴國難，視死忽如歸。

釋文　遊俠少年捨身奔赴國難，把死看得如同回家一樣。視死如歸，多指為了正義事業而不怕死。

三國·魏·曹植｜《白馬篇》

倘得此生重少壯，臨危敢愛不貲 [1] 身。

[1] 不貲（zī）：形容十分貴重。

釋文　如果我能回到青年時代，面對危難，也決不會吝惜自己的寶貴生命。

宋｜陸游｜《客去追記坐間所言》

想當年，金戈鐵馬 [1]，氣吞萬里如虎。

[1] 金戈鐵馬：金戈，泛指兵器。鐵馬，披鐵甲的戰馬。南朝宋武帝劉裕生長在京口，後又起兵於京口，率軍北伐，一掃侵吞中原的鮮卑貴族，取得了輝煌勝利。

〔釋文〕回想當年，劉裕北伐大軍兵馬精銳，勢猛如虎，真要把侵擾中原的敵人一口吞掉了。這句借古喻今，表達了報國無門的憤慨。

宋｜辛棄疾｜《永遇樂・京口北固亭懷古》

塞上長城 [1] 空自許，鏡中衰鬢已先斑。

[1] 塞上長城：南朝劉宋的大將檀道濟把自己比作一座萬里長城，能夠抵抗北魏的侵略。

〔釋文〕枉自已徒然地以「塞上長城」自許，可惜壯志還沒實現，頭髮已變白了。這句抒發了作者報國時機已失的感傷。

宋｜陸游｜《書憤》

三、憂國

先師有遺訓，憂道不憂貧。

〔釋文〕孔夫子曾經有遺訓說：君子只為治國之道不能行而憂愁，不為自己生活貧困而憂愁。

晉｜陶淵明｜《癸卯歲始春懷古田舍二首》之二

何處望神州 [1] ？滿眼風光北固樓 [2] 。千古興亡多少事？悠悠。不盡長江滾滾流。

[1] 神州：中國，這裏指中原淪陷地區。

[2] 北固樓：即北固亭，在鎮江城北，北固山上。

[釋文] 日夜想念的中原國土在哪裏？眼前只有北固樓的風光。古來多少朝代的興盛衰亡都如同長江滾滾東去，無盡無休。

宋｜辛棄疾｜《南鄉子·登京口北固亭有懷》

位卑未敢忘憂國。

[釋文] 地位低微也不敢忘記為國家擔憂。

宋｜陸游｜《病起書懷》

南渡君臣 [1] 輕社稷 [2] ，中原父老望旌旗。

[1] 南渡君臣：指南宋王朝主和派、投降派的君臣。北宋建都汴梁，亡後，趙構渡江南下，在臨安（今杭州）建立南宋王朝。

[2] 社稷：古代帝王諸侯所祭的土神和穀神，常以指代國家。

[釋文] 渡江南下的君臣心中沒有國家，偏安江南，中原的父老卻在盼望着南宋軍隊收復中原的國土。表達了人民有憂國愛國的感情。

元｜趙孟頫｜《岳鄂王墓》

怒髮衝冠，憑欄處、瀟瀟雨歇。

【釋文】一場暴雨剛剛停歇，依倚欄旁之際，浮想山河破碎，國恥未雪，我激憤得頭髮豎直，簡直要把帽子頂起來了。

宋｜岳飛｜《滿江紅》

商女不知亡國恨，隔江猶唱後庭花 **1** 。

1 後庭花：即《玉樹後庭花》，它是南朝時陳朝末代皇帝後主陳叔寶的作品，反映宮廷腐化生活的靡靡之音。陳後主每天同寵臣、嬪妃飲酒作樂，政治腐敗，終於為隋所滅。

【釋文】歌女們不知道建都於金陵的王朝一個接一個地滅亡了，還在江的對岸唱着靡靡之曲《玉樹後庭花》。表達了對當時晚唐統治者只顧沉湎於個人享樂而不顧國家安危的不滿。

唐｜杜牧｜《泊秦淮》

感時花濺淚，恨別鳥驚心。

【釋文】因為感時傷懷，加之離鄉別井之苦，即便是站在花前，也無心賞花，反而會對花流淚；即便是聽到悅耳的鳥鳴聲，也無意傾聽，反而會因鳥鳴而驚心。寫出了詩人對國家動亂破敗的憂傷。

唐｜杜甫｜《春望》

四、憂民

長太息以掩涕兮，哀民生之多艱。

〔釋文〕我深長地歎息，掩面流淚，為百姓的多災多難而哀傷。

戰國｜屈原｜《楚辭·離騷》

可憐夜半虛前席，不問蒼生問鬼神 [1]。

[1] 問鬼神：《史記·屈原賈生列傳》載，漢文帝在宣室召見賈誼，詢問鬼神的本原。談到深夜，文帝欽佩賈誼博學多識，不禁移動自己的位置，湊近賈誼。兩句詩諷刺漢文帝熱衷於鬼神之事，而不關心百姓的疾苦，同時對賈誼不得施展治國安民的抱負深為惋惜。

〔釋文〕可惜深更半夜移坐向前詢問，不是關心百姓的疾苦，卻對子虛烏有的鬼神之事十分感興趣。

唐｜李商隱｜《賈生》

但傷民病痛，不識時忌諱。

〔釋文〕我只知道憂傷老百姓的疾苦、貧困，哪裏管當權者的禁忌。

唐｜白居易｜《傷唐衢二首》之二

但願眾生皆得飽，不辭羸病 [1] 臥殘陽。

[1] 羸（léi）病：瘦弱有病。

〔釋文〕只要使得人們都能吃飽飯，就絕不推辭耕田的勞苦，即使筋疲力盡病倒在殘陽之下，也心甘情願。

此處作者以一頭病牛自喻，願意為國為民，鞠躬盡瘁。

宋｜李綱｜《病牛》

何如掬取天池水，灑向人間救旱苗。

【釋文】如能雙手捧取天池的水，灑向人間救旱苗，那該多好呀！這兩句反映作者關懷民生疾苦。

唐｜劉象｜《詠仙掌》

安得廣廈千萬間，大庇天下寒士俱歡顏，風雨不動安如山！嗚呼！何時眼前突兀見此屋，吾廬獨破受凍死亦足！

【釋文】怎麼能得到千萬間大房子，讓天下的貧寒之士都高興，都有住處呀？風和雨都不能撼動它，就像山一樣安穩。哎！啥時候能突然出現那麼多大房子？這樣，即使我的房子破漏，讓我凍死也心滿意足！

唐｜杜甫｜《茅屋為秋風所破歌》

軍旅　戰事

一、軍容

三軍甲馬不知數，但見動地銀山來。

〔釋文〕 不知軍隊的兵馬有多少，只見一片銀晃晃的人馬壓過來，震得地動山搖。

宋｜陸游｜《出塞曲》

黑雲壓城城欲摧，甲光向日金鱗開。

〔釋文〕 黑雲滾滾高壓城頭，城牆像要被摧毀一樣。從雲隙中射出的一縷陽光，照在戰士們的盔甲上，甲片像金鱗，閃閃發光。

唐｜李賀｜《雁門太守行》

醉裏挑燈看劍，夢回吹角連營。八百里 **1** 分麾下炙 **2**，五十弦翻塞外聲。沙場秋點兵。

1 八百里：牛名。

2 分麾（huī）下炙（zhì）：麾下即部下。炙，烤熟的肉。

〔釋文〕 酒醉中挑亮燈火，拔出寶劍看了又看。記得夢裏軍營正響着陣陣號角。士兵們分食着烤熟的牛肉，樂隊又奏起雄壯的塞外樂曲。秋日的沙場上，正在操練兵馬。

宋｜辛棄疾｜《破陣子・為陳同甫賦壯語以寄》

二、攻守

一夫當關，萬夫莫開。

〔釋文〕 一個人當關把守，一萬個人也不能攻破。形容地勢險要，易守難攻。

唐｜李白｜《蜀道難》

連雲列戰格，飛鳥不能逾。

〔釋文〕 防禦工事高聳入雲，即使鳥兒也無法飛越過去。

唐｜杜甫｜《潼關吏》

三、勝敗

人間成敗論英雄，野史荒唐恐未公。

〔釋文〕 如果以成敗作為評論英雄的標准，那是不公平的。

清｜丘逢甲｜《有書時事者為贅其卷端四首》之四

千年成敗俱塵土，消得 [1] 人間說丈夫！

[1] 消得：須得；值得。

〔釋文〕 歷史上的成功失敗皆如塵土一樣普通，值得追求的是讓人稱道自己是一個大丈夫。

宋｜文天祥｜《金陵驛》

勝敗兵家事不期，包羞忍恥是男兒。

江東 [1] **子弟多才俊，捲土重來未可知。**

> [1] 江東：即江南，長江在安徽境內呈西南 —— 東北流向，古時習慣稱長江下游以南為江東。楚漢相爭時，項羽兵敗，隻身至烏江（在今安徽省和縣東北，秦置烏江亭），烏江亭長要用船渡項羽過江，說：「江東雖小，地方千里，眾數十萬，亦足王也。」但項羽不肯，說：「縱江東父兄憐而王我，我何面目見之⋯⋯」自刎而死。

【釋文】戰事的勝敗是兵家難以預料的，男子漢應該能夠忍受一時失敗帶來的恥辱。長江以東有許多有才的子弟，也許能捲土重來奪取天下。

唐｜杜牧｜《題烏江亭》

莫從興運 [1] **論人材。**

> [1] 運：氣數，運祚。

【釋文】不要以一件事的成敗來判斷人的才華和能力。

金｜元好問｜《讀漢書》

四、兵將

萬里赴戎機，關山度若飛。

【釋文】行軍萬里奔赴戰場作戰，翻越關隘和山嶺就像飛過去一樣快。

北朝｜無名氏｜《木蘭詩》之一

千軍易得，一將難求。

【釋文】千萬軍士容易得到，一名優秀的將領難以找到。說明將領的重要性。

元｜馬致遠｜《漢宮秋》第二折

平明 [1] 尋白羽 [2]，沒在石稜中。

[1] 平明：天剛亮的時候。

[2] 白羽：箭杆後部的白色的毛，這裏指箭。

【釋文】黎明尋找昨晚射的白羽箭，箭頭深深插入巨大石塊中。傳說漢代名將李廣任右北平太守期間，在一次夜晚狩獵中，曾誤將草中的石塊當作老虎，猛射一箭，箭頭深深陷入石中。這首詩藉李廣的故事歌頌了一位守邊將軍的勇武。

唐｜盧綸｜《和張僕射塞下曲》之二

憑君莫話封侯事，一將功成萬骨枯。

【釋文】請你不要談論封侯的事了，一個將軍立下戰功，封了侯，背後不知犧牲了多少人的性命。

唐｜曹松｜《己亥歲二首》之一

戰士軍前半死生，美人帳下猶歌舞。

【釋文】士兵浴血奮戰，出生入死；將軍卻躲在營帳裏沉醉於歌舞聲色之中。

唐｜高適｜《燕歌行》

秦時明月漢時關，萬里長征人未還。
但使龍城飛將 [1] 在，不教胡馬度陰山 [2]。

[1] 飛將：指李廣。《史記·李將軍列傳》載：「廣居右北平，匈奴聞之，號曰『漢之飛將軍』。」

[2] 陰山：山脈名，西起河套西北，綿亙內蒙古中部。

【釋文】依舊是秦漢時的明月與邊關，征戰長久延續，征戰萬里的戰士征夫還沒有歸來。倘若龍城的飛將軍李廣健在，絕不許匈奴南下度過陰山。

唐｜王昌齡｜《出塞二首》之一

葡萄美酒夜光杯，欲飲琵琶馬上催。
醉臥沙場君莫笑，古來征戰幾人回。

【釋文】那夜光杯盛着葡萄美酒，我正開懷暢飲時，從馬上傳來了出征的琵琶聲。喝得大醉躺在沙場上你可別笑話呀，自古以來在殺伐征戰中有幾個人能活着回來。

唐｜王翰｜《涼州詞二首》之一

五、厭戰

久戍人將老，長征馬不肥。

【釋文】長久戍守邊疆人都快要老了，長期征戰馬也疲瘦不堪。

唐｜郭震｜《塞上》

生女猶得嫁比鄰，生男埋沒隨百草。

【釋文】 生個女孩子還能嫁給鄰居，時常看見；生個男孩子往往就會戰死邊地，隨百草葬在荒野。

唐｜杜甫｜《兵車行》

自胡馬窺江去後，廢池喬木，猶厭言兵。

【釋文】 自從金人縱兵洗劫長江流域去後，那裏的池苑、古樹一片荒涼，老百姓都害怕說起昔日用兵。

宋｜姜夔（kuí）｜《揚州慢》

何日平胡虜，良人罷遠征。

【釋文】 甚麼時候能平定了外族的侵略者，我的丈夫可以不再出征遠行呢？

唐｜李白｜《子夜吳歌·秋歌》

六、戰禍

幾時拓土成王道，從古窮兵是禍胎。

【釋文】 甚麼時候開疆拓士能成就帝王的仁義之政？自古以來，窮兵黷武都是災禍的根源。

唐｜李商隱｜《漢南書事》

三年笛裏關山月 [1]，萬國 [2] 兵前草木風。

[1] 關山月：原為漢代樂府歌曲之一，是當時守邊將士經常在馬上奏唱的。

② 萬國：萬方，全國各地，從地域上寫戰亂之廣。

〔釋文〕 三年來只聽到《關山月》的調子，全國四處人心惶惶，草木皆兵。

唐｜杜甫｜《洗兵馬》

白首相逢征戰後，青春已過亂離中。

〔釋文〕 年老的時候在征戰後相逢，青春早已在亂世中離去。

唐｜劉長卿｜《送李錄事兄歸襄鄧》

白骨成丘山，蒼生竟何罪？

〔釋文〕 老百姓的屍骨堆積如山，他們究竟犯了甚麼罪以致遭此殘戮？

唐｜李白｜《經亂離後天恩流夜郎憶舊游書懷贈江夏韋太守良宰》

庭樹不知人去盡，春來還發舊時花。

〔釋文〕 園林中的樹木不知人已走光了，春來依舊開出鮮豔的花。表現了戰亂之時，即使園內繁花似錦，卻無人玩賞的情景。

唐｜岑參｜《山房春事》之二

政治　興亡

一、君王

邊庭 [1] 流血成海水，武皇 [2] 開邊意未已。

[1] 邊庭：邊地，這裏指西部邊地。

[2] 武皇：明指漢武帝劉徹，暗指唐玄宗李隆基。一來是因唐玄宗開邊拓土與漢武帝相似，二來是不敢直斥，故作者拿漢武帝來比擬。

[釋文] 邊疆無數士兵流的血匯成海水，武皇開拓邊疆的念頭卻還沒停止。

唐｜杜甫｜《兵車行》

吳王 [1] 事事堪亡國，未必西施 [2] 勝六宮。

[1] 吳王：指吳王夫差。

[2] 西施：越國的美女，越王勾踐把她送給吳王夫差，很受夫差寵愛。

[釋文] 吳王夫差亡國是由於他事事無道，並不是因為西施生得格外美麗因而比其他嬪妃更能蠱惑夫差。

唐｜陸龜蒙｜《吳宮懷古》

溥天之下，莫非王土。
率土之濱，莫非王臣。

[釋文] 整個天下都是周天子的國土，四海之內所居住的人都是周天子的臣民。後來有時用以指稱獨佔、專權的統治。

春秋｜《詩經·小雅·北山》

二、官吏

官倉老鼠大如斗，見人開倉亦不走。

〔釋文〕官倉老鼠大而猖狂，看到人打開倉庫居然也不跑開。作者此處以猖狂的老鼠比喻吸取民指民膏的貪官污吏，痛斥他們麻木不仁。

唐｜曹鄴｜《官倉鼠》

三、權力

難將一人手，掩得天下目。

〔釋文〕妄想用一個人的手遮住天下人的眼睛，這是辦不到的。

唐｜曹鄴｜《讀李斯傳》

四、任人

一朝天子一朝臣。

〔釋文〕當權者變動，下屬也相應變動。

元｜金仁傑｜《追韓信》第三折

文王賴多士，漢帝資羣才。

〔釋文〕周文王因為依賴許多賢人，所以周王朝興旺發達；漢高祖劉邦由於重用一批英傑，因此完成了統一大業。

唐｜薛據｜《懷哉行》

閒時故把忠臣慢，差時不聽忠臣諫，危時卻要忠臣幹。

【釋文】和平歲月，故意怠慢忠臣；有了過錯的時候，不聽忠臣規勸；危難之時卻要忠臣拚命。

元｜鄭廷玉｜《楚昭公》第一折

若將除害馬 [1]，慎勿信蒼蠅。

[1] 害馬：有害的馬。後指危害集體的人。

【釋文】假如要除去害羣之馬，就千萬不要聽蒼蠅嗡嗡叫。比喻處理重大事情不要聽信壞人的話。

唐｜高適｜《餞宋八充彭中丞判官之嶺南》

周公吐哺 [1]，天下歸心。

[1] 周公吐哺：《韓詩外傳》卷三載：「成王封伯禽（周公之子）於魯，周公誡之曰：『往矣！子無以魯國驕士。吾文王之子，武王之弟，成王之叔父也，又相天子，吾於天下，亦不輕矣。然一沐三握髮，一飯三吐哺，猶恐失天下之士。』」吐哺指周公求賢心切，為迎賓客，吃飯時曾多次吐出口中之食。

【釋文】只要像周公那樣「一飯三吐哺」地對待賢人，就會得到天下人的擁戴。

東漢｜曹操｜《短歌行》

政治　興亡

五、庸政

一人在朝，百人緩帶 [1]。

[1] 緩帶：放寬衣帶，借指生活優越。

〔釋文〕 一個人做了官，就有許多人洋洋得意。

隋｜侯白｜《啟顏錄》引諺

天涯浮雲生，爭蔽日月光。
窮巷秋風起，先摧蘭蕙芳。

〔釋文〕 天邊升起一片浮雲，遮住了日月的光輝。陰暗的角落裏吹來一陣秋風，首先摧折蘭蕙的芬芳。用比喻的手法寫政治的混濁。

唐｜劉禹錫｜《萋兮吟》

舉世皆濁我獨清，眾人皆醉我獨醒。

〔釋文〕 世上的人都混濁不堪，唯獨我乾淨；所有的人都醉醺醺的，唯獨我清醒。比喻屈原廉潔正直，不能見容於貪鄙糊塗的小人們。

戰國｜屈原｜《楚辭·漁父》

莫邪 [1] 利劍今安在？不斬奸邪恨最深。

[1] 莫邪（yé）：古代著名的利劍，傳說是春秋時吳國人干將和莫邪所造。

【釋文】 古代著名的利劍在哪裏呢？不斬掉那些奸佞（nìng）邪惡之徒的頭顱，讓人憾恨無窮。

宋｜宇文虛中｜《在金日作三首》之一

六、興亡

山外青山樓外樓，西湖歌舞幾時休！
暖風熏得遊人醉，直把杭州作汴州。

【釋文】 青山外還有青山，樓閣外還有樓閣。西湖上歡樂的歌舞哪一天才休止！暖洋洋的湖風把遊人熏得陶醉了，他們簡直把偏安一隅的杭州當作故都汴州了。這首詩諷刺南宋統治者粉飾太平，苟且偷安與麻木不仁。

宋｜林升｜《題臨安邸》

六朝 [1] 舊事隨流水，但寒煙衰草凝綠。

[1] 六朝：三國的吳，東晉，南朝的宋、齊、梁、陳，均曾建都於金陵（今南京），故合稱六朝。

【釋文】 六朝的興亡舊事已隨流水一去不復返了，只有寒煙籠罩着的衰草還凝聚着綠色，猶似當年。

宋｜王安石｜《桂枝香》

四海變秋氣，一室難為春。

【釋文】 天下都已經秋氣濃重，一室之內也就難以保持春色了。喻指整個社會一旦顯露出衰敗的跡象，那

麼朝廷也就不會久保統治地位了。

清｜龔自珍｜《己亥雜詩，偶有所觸，拉雜書之，漫不詮次，得十五首》之二

傷心秦漢經行處，宮闕萬間都做了土。興，百姓苦；亡，百姓苦。

【釋文】讓人傷心的是，經過那秦朝漢朝的故都，看到壯觀的城池、宮廷都變成了土。國家興也罷，亡也罷，受苦的都是老百姓。

元｜張養浩｜《山坡羊·潼關懷古》

吳宮花草埋幽徑，晉代衣冠成古丘。

【釋文】吳國昔日繁華的宮廷已經荒蕪，晉代的一代風流人物也早已進入墳墓。

唐｜李白｜《登金陵鳳凰台》

春花秋月何時了？往事知多少。小樓昨夜又東風，故國不堪回首月明中。

【釋文】良辰美景甚麼時候才是盡頭？過去的事情又知道多少？昨晚小樓上又吹來了東風，在這月光皎潔的夜晚，南唐舊國的往事不堪回首。這句詩表達了深沉的亡國之恨。

五代·南唐｜李煜｜《虞美人》

七、治亂

亂定幾人還本土，唯有官家重作主。

【釋文】戰亂不斷，人民流散死亡，很少能回到故居，但官家照樣回來統治天下，作威作福。

唐｜張籍｜《廢宅行》

途窮天地窄，世亂死生微。

【釋文】走投無路的人會覺得天地窄小；處於亂世，生死都微不足道。

明｜沈欽圻｜《亂後哭友》

政治　興亡

人生　價值

一、人生

人生七十古來稀。

〔釋文〕 人活到七十歲已是少見的了。

唐｜杜甫｜《曲江二首》之二

人生直作百歲翁，亦是萬古一瞬中。

〔釋文〕 人的一生就是能活到一百歲，在歷史長河中也只是一眨眼的工夫。

唐｜杜牧｜《池州送孟遲先輩》

人生如夢，一樽還酹 [1] 江月。

[1] 酹（lèi）：把酒灑在地上表示祭奠。

〔釋文〕 人的一生就像一場夢幻，又何必斤斤計較於成敗得失，還是莫負今日之江月，灑酒祭奠它吧。

宋｜蘇軾｜《念奴嬌・赤壁懷古》

對酒當歌，人生幾何？

〔釋文〕 面對歡宴中的歌酒，感到人生短促。

東漢｜曹操｜《短歌行》

人生代代無窮已，江月年年只相似。
不知江月待何人，但見長江送流水。

〔釋文〕 人生代代相傳沒有窮盡，江月年復一年依然相似。不知江月在等待甚麼人，只見長江送走滾滾東去

的流水。詩人把大自然中年年「相似」的江月和代代匆匆交遞的人生進行對照,見景生情,抒發了宇宙無窮、人生短促的感慨。

唐｜張若虛｜《春江花月夜》

二、 世態

人海闊,無日不風波。

[釋文] 人海寬闊,天天都有風波。人在大海中,就得適應風波多的現實,以求生存。

元｜姚燧｜《陽春曲》

太行之路能摧車,若比人心是坦途。

[釋文] 太行山山高路險能摧毀車子,但是和人心比起來還是平坦的。

唐｜白居易｜《太行路》

行路難,不在水,不在山,只在人情反覆間。

[釋文] 世道難行,不在水之深,不在山之高,只因為人情無常。

唐｜白居易｜《太行路》

江頭未是風波惡，別有 [1] 人間行路難。

[1] 別有：另有，更有。

〔釋文〕 江上的風浪還不算險惡，人世間的道路，那才更艱難、兇險呢！

宋｜辛棄疾｜《鷓鴣天·送人》

三、人情

人生不滿百，常懷千歲憂。

〔釋文〕 人生雖然活不到一百歲，但常常憂慮上千年的事情。

漢｜無名氏｜《古詩十九首·人生不滿百》

人生百歲中，孰肯死前足。

〔釋文〕 人生一世不過一百年，誰在眼目前就甚麼都滿足了呢？

唐｜澹交｜《效古》

人心未易知，燈台不自照。

〔釋文〕 人對自己的心不易瞭解，正像油燈甚麼都可以照，就是不能照自己那樣。比喻人往往對別人的缺點看得清楚，對自己的不足卻不易看出來。

元｜康進之｜《李逵負荊》第三折

人間別久不成悲。

〔釋文〕人離別時間久了,就覺得習以為常了,反而不像是剛分手時那樣使人難過。

宋｜姜夔｜《鷓鴣天‧元夕有所夢》

上山擒虎易,開口告 **1** 人難。

1 告:請求,求助。

〔釋文〕上山捉虎是極危險、極困難的,但比起張口求人幫助,已是易做的事了。兩句通過對比,誇張地寫出求人的不易。

元｜高明｜《琵琶記‧祝髮買葬》

擊石易得火,扣人難動心。

〔釋文〕可以輕易取得火種的擊石,卻難以打動人心。說明人才不容易被發掘。

唐｜王鐸｜《感事》

君不見芳樹枝,春花落盡蜂不窺。

〔釋文〕你不看那春天樹上的情景嗎?花落了,蜜蜂連看都不願看一眼。比喻人情勢利。

唐｜高適｜《塞下曲》

人生　價值

每因暫出猶思伴，豈得安居不擇鄰？

[釋文] 暫時外出都想找一個合適的旅伴，長期定居怎能不選擇一個好鄰居呢？

唐｜白居易｜《欲與元八卜鄰先有是贈》

畫虎畫皮難畫骨，知人知面不知心。

[釋文] 畫老虎只能畫皮毛長相，畫不到虎骨。交朋友能看得到外貌和長相，卻不知道他的內心。形容要瞭解一個人極不容易。

元｜孟漢卿｜《張孔目智勘魔合羅》雜劇

眼看人盡醉，何忍獨為醒。

[釋文] 眼看着那麼多人都像喝醉了酒一樣，行為乖張。我怎麼忍心獨自清醒，目睹一切令人痛心的事情？

唐｜王績｜《過酒家五首》之二

翻手作雲覆手雨，紛紛輕薄 [1] 何須數。

[1] 輕薄：指輕佻浮薄的人。

[釋文] 得意時如雲之趨合，失意時便如雨之紛散，人情反復，變化迅速而無常。這種輕薄的勢利之交數都數不過來。

唐｜杜甫｜《貧交行》

四、親情

兒不嫌母醜，犬不嫌主貧。

〔釋文〕母親再醜兒女也不嫌棄，主人再窮狗也不會離開。比喻親情深長。

明｜徐仲由｜《殺狗記》第十六折

五更歸夢三百里，一日思親十二時。

〔釋文〕夜裏做夢回到了三百里外的家鄉，天快亮了才從夢境中醒過來。指白天晚上無時無刻不在思念親人。

宋｜黃庭堅｜《思親汝州作》

手中十指有長短，截之痛惜皆相似。

〔釋文〕十個指頭雖然有長短，但截掉任何一個，其痛苦都是一樣的。比喻親生骨肉難以割捨。

唐｜劉商｜《擬胡笳十八拍》第十四拍

有錢難買子孫賢。

〔釋文〕有多少錢都買不到子孫的孝順賢德。

元｜無名氏｜《冤家債主·楔子》雜劇

年少從他愛梨栗，長成須讀五車書。

〔釋文〕這可愛的小外孫小時候就隨他吃喝玩，長大了就要他好好地多讀書。

宋｜王安石｜《贈外孫》

但願人長久，千里共嬋娟。

[釋文] 親人既不能相聚，只有熱切希望大家健康長久，在千里之外共同享受這美麗的月光。

宋｜蘇軾｜《水調歌頭》

誰言寸草心，報得三春暉。

[釋文] 誰說子女像小草那樣微小的心意，能報答母親春天和煦陽光般的愛？

唐｜孟郊｜《遊子吟》

烽火連三月，家書抵萬金。

[釋文] 戰火連綿持續三個月之久，收到一封家信就抵得上萬兩黃金。

唐｜杜甫｜《春望》

遇急思親戚，臨危託故人。

[釋文] 遭遇到了急難的事情自然就想起了請求親戚的幫助，眼看危難在眼前自己無力應對，就只有託付老朋友了。

元｜紀君祥｜《趙氏孤兒》雜劇

慈母手中線，遊子身上衣。
臨行密密縫，意恐遲遲歸。

[釋文] 慈母用手中的針線，為遠行的兒子趕製身上的衣衫。臨行前一針針密密地縫織，擔心兒子回來得

很晚。

唐｜孟郊｜《遊子吟》

五、自信

人生得意須盡歡，莫使金樽空對月。
天生我材必有用，千金散盡還復來。

[釋文] 人生在世，得意的時候便該盡情歡樂，別讓金杯空蕩蕩地對着明月。老天既然賦予我才華，就必然有其用處。即使散盡了千兩黃金，也總會憑藉才華賺回來。

唐｜李白｜《將進酒》

不吾知其亦已兮，苟余情其信芳。

[釋文] 不瞭解我的心意就算了吧，只要我的本心確實善良高潔。

戰國｜屈原｜《楚辭·離騷》

生材會有用，天地豈無心。

[釋文] 每個人來到世上都有用處，造物者並不是沒有目的。說明人應當自信，不要妄自菲薄。

唐｜呂溫｜《贈友人》

仰天大笑出門去，我輩豈是蓬蒿人 [1]。

[1] 蓬蒿人：指生活在草野間的人。

【釋文】 仰天大笑出門，踏上赴京道路，我這種人哪裏是久居山野的呢？表現了狂喜心情與自視才高。

唐｜李白｜《南陵別兒童入京》

老驥 [1] 伏櫪 [2]，志在千里。
烈士暮年，壯心不已。

[1] 驥（jì）：良馬，千里馬。

[2] 櫪（lì）：馬槽。

【釋文】 千里馬雖然形老體衰，伏在馬槽之下，但胸中仍然激盪着馳騁千里的豪情。有志幹一番事業的人，雖然到了晚年，但一顆勃勃雄心也永不會消沉，對宏偉理想的追求永不會停息。

東漢｜曹操｜《龜雖壽》

莫道桑榆 [1] 晚，為霞尚滿天。

[1] 桑榆：日落時陽光照在桑榆間，用借指傍晚。又比喻人的晚年。

【釋文】 不要說日到桑榆已是晚景了，晚霞還可以照得滿天彤紅、燦爛無比呢！體現了詩人氣勢豪壯、自信奮進的精神。

唐｜劉禹錫｜《酬樂天詠老見示》

眼前多少難甘事，自古男兒當自強。

【釋文】 眼前有多少不如意之事，男兒從來要自強自立。

唐｜李咸用｜《送人》

六、價值

人生自古誰無死，留取丹心照汗青 **1**。

1 汗青：古代用竹簡紀事，採用青竹，用火烤，使其出汗（出水），便於書寫，也免蟲蛀。因此後世把著作叫作汗青，也特指史冊。

【釋文】 人自古以來總免不了一死，但應在史冊上留下英勇忠貞的事跡，光照人寰。

宋｜文天祥｜《過零丁洋》

人不可貌相，海水不可斗量。

【釋文】 不可以靠外觀相貌來衡量一個人，就像海水是不可能用斗來丈量的一樣。

元｜無名氏｜《小尉遲》第二折

山不在高，有仙則名。

【釋文】 山不在高大，只要有神仙就會出名。用以說明出類拔萃的人物是價值之所在。

唐｜劉禹錫｜《陋室銘》

只取人看好，何益百年身。

【釋文】如果人生在世，只是為博得別人的好評價而活着，這對自己的一生的事業又有甚麼好處呢？表達了有大志者不必為世俗所束縛的價值觀。

宋｜黃庭堅｜《丙寅十四首效韋蘇州》

嗚呼人生孰不死，死亦要貴得其所。
重如泰山輕鴻毛，流芳遺臭俱千古。

【釋文】人都有一死，但死要死得有價值。為國家民族而死，死得重於泰山，流芳千古；苟且貪生而死，遺臭萬年。

清｜繆鍾渭｜《紀大東溝戰事弔鄧總兵世昌》

遂令天下父母心，不重生男重生女。

【釋文】因楊貴妃一人被皇帝寵愛後全家富貴無比，使得做父母的都重視生育女孩子而不重視生育男孩子了。

唐｜白居易｜《長恨歌》

七、處世

一失腳成千古笑，再回頭是百年人。

【釋文】偶然一次犯錯誤，就成為終身的笑柄，要再反悔就是下輩子的事了。說明為人處世，必須時刻小心謹慎，以免造成終身的悔恨。

明｜楊儀｜《明良記》

男子受恩須有地，平生不受等閒恩。

[釋文] 男子漢接受別人的恩惠應有緣由，平生不隨便接受別人的恩典。

唐｜杜荀鶴｜《投長沙裴侍郎》

蘇世獨立，橫而不流兮。

[釋文] 獨立於世，保持清醒；橫立水中，不隨波逐流。

戰國｜屈原｜《楚辭·橘頌》

逢人且說三分話，未可全拋一片心。

[釋文] 與人溝通時，說話要留餘地，別把心裏想的全部講出來。

明｜馮夢龍｜《警世通言·杜十娘怒沉百寶箱》

八、豁達

天涯何處無芳草。

[釋文] 天涯海角到處都有芳草。取《離騷》「何所獨無芳草兮，爾何懷乎故宇」之意。

宋｜蘇軾｜《蝶戀花》

今朝有酒今朝醉，明日愁來明日愁。

[釋文] 及時行樂，不必為愁而困。

唐｜羅隱｜《自遣》

我覺秋興逸，誰云秋興悲。

【釋文】我覺得秋天充滿生機，誰說秋天是悲哀的？

唐｜李白｜《秋日魯郡堯祠亭上宴別杜補闕范侍御》

野芳雖晚不須嗟。

【釋文】野花開得雖然晚也不必嗟訝（jiē yà）歎息。比喻人不必因自己遲來的事業而悲觀。

宋｜歐陽修｜《戲答元珍》

九、逆境

一沉一浮會有時。

【釋文】人生總會遇到順境和逆境。

唐｜李頎｜《緩歌行》

人生若波瀾，世路有屈曲。

【釋文】人生就像波濤一樣，道路會有曲折。

唐｜李白｜《古風五十九首》之二十三

丈夫四方志，安可辭固窮。

【釋文】男子漢有遠大的志向，怎麼能夠因窮困而喪失大志呢？指要能經得住困難的考驗。

唐｜杜甫｜《前出塞九首》之九

千林掃作一番黃，只有芙蓉獨自芳。

【釋文】當千樹萬樹紛紛落葉時，只有芙蓉花盛開吐香，顯得奇特可愛。比喻經得起逆境考驗的人，最難能可貴。

宋｜蘇軾｜《和陳述古拒霜花》

天若無霜雪，青松不如草。

【釋文】如果天不下霜雪，青松連草都不如了。比喻只有在艱難環境中才能看出一個人的品格。

唐｜唐備｜《失題二首》之一

勸君慎莫讒風伯 [1]，會有開帆破浪時。

[1] 風伯：風神。

【釋文】你不要咒罵風神暫時阻擋了你的行船，應當相信一定有乘風破浪的時候。

宋｜王安石｜《東流頓令罷官阻風，示文有「按風伯奏天閽」之語，答以四句》

寧知 [1] 霜雪後，獨見松竹心。

[1] 寧知：怎麼知道。

【釋文】你哪裏知道，只有遇到霜雪之後，才能看出松竹品格。比喻只有在逆境裏，才能看出一個人的真正品德。

南朝·梁｜江淹｜《效阮公詩十五首》之一

朔風悲老驥，秋霜動鷙（zhì）禽。

[釋文] 凜冽的北風能使老驥悲壯激奮不已，肅殺的秋霜更能引起猛禽展翅高飛的慾望。比喻逆境更激發人的上進心。

唐｜劉禹錫｜《學阮公體三首》之二

諸公莫效王尼 ■ 歎，隨處容身足草廬。

■ 王尼：晉代人，曾經感歎：「滄海橫流，處處不安也。」

[釋文] 為了正義事業應到處奔波，不辭勞苦，不必像王尼那樣哀歎。其實，對於有志者來說，草廬也足夠容身了。

明末清初｜顧炎武｜《與江南諸子別》

霜飄知柳脆，雪冒覺松貞。

[釋文] 下霜時才知道柳樹脆弱經不起霜打，飛雪時才發覺青松堅貞不屈。比喻困難環境才能考驗出人的節操。

唐｜韓思彥｜《酬賀遂亮》

十、滄桑

人間桑海朝朝變，莫遣佳期更後期。

[釋文] 人間變化無窮，應珍視時機，不要錯過良辰美景。

唐｜李商隱｜《一片》

二十四橋仍在，波心蕩、冷月無聲。

〔釋文〕昔日的二十四橋還在那裏，湖心碧波蕩漾，悠悠
渺渺，被一片清冷的月光無聲無息地籠罩着。寫
揚州屢遭兵災後，舊日繁華，盡成夢影，詩人面
對碧波冷月，怎能不愴然感慨今昔！

宋｜姜夔（kuí）｜《揚州慢》

十年離亂後，長大一相逢。問姓驚初見，稱名憶舊容。

〔釋文〕十年前因動亂離散，等長成大人才相逢，問到姓
時，吃了一驚，想到可能是親戚，說出名字方記
起十年前的樣子。表現了無窮的感慨。

唐｜李益｜《喜見外弟又言別》

閒雲潭影日悠悠，物換星移幾度秋。閣中帝子 **1** 今何在？檻外長江空自流。

1 帝子：滕王，唐高祖李淵的兒子李元嬰。他任洪州（州治在今
南昌市）時在贛江邊的長洲上建閣，人稱滕王閣。

〔釋文〕悠閒飄蕩的雲彩倒映在深水潭中，又天天這樣悠
閒地飄過，自然界變化，星宿移動，不知多少年
了。滕王閣中的主人今天又在哪裏呢？欄杆外面
的贛江空自長流。

唐｜王勃｜《滕王閣》

春風桃李花開日，秋雨梧桐葉落時。

【釋文】憶往昔，桃花李花在春天盛開，再與這秋雨打在梧桐葉上的景色對比，怎不令人生世事滄桑變化之感慨。

唐｜白居易｜《長恨歌》

浮雲一別後，流水十年間。
歡笑情如舊，蕭疏鬢已斑。

【釋文】行跡不定如浮雲飄蕩一樣，十年的時光像流水一去不返。今日相見，歡聲笑語，重敘舊好，鬢髮都已稀疏斑白了。

唐｜韋應物｜《淮上喜會梁州故人》

寥落古行宮，宮花寂寞紅。

【釋文】從前的行宮一片冷落，宮中的春花雖然紅豔依舊，卻無人欣賞。

唐｜元稹｜《行宮》

十一、雅俗

人瘦尚可肥，俗士不可醫。

【釋文】人瘦了還可以胖起來，人庸俗了是不可救藥的。

宋｜蘇軾｜《於潛僧綠筠軒》

大雅何寥闊。

〔釋文〕 才大德高的人何其稀少。

唐｜杜甫｜《秦州見敕目》

有梅無雪不精神，有雪無詩俗了人。

〔釋文〕 只有梅花沒有雪顯示不出梅花的風骨，賞雪不作詩讓人覺得不風雅。

宋｜盧梅坡｜《雪梅二首》之一

春風大雅能容物，秋水文章不染塵。

〔釋文〕 春風有包容接納萬物的博大情懷，文辭筆墨如秋水一般，不沾染半點世俗塵埃。

清｜鄧石如楹聯

人生 價值

事理　智慧

一、哲理

兒孫自有兒孫福，莫為兒孫作馬牛。

【釋文】子孫後代各有各的生活道路，長輩不必為他們過分操心。

元｜無名氏｜《漁樵記》第三折

長江後浪推前浪。

【釋文】長江後浪推着前浪滾滾向前。多指新人新事代替舊人舊事。

宋｜劉斧｜《青瑣高議》

以狼牧羊，安能久長？

【釋文】讓狼去放牧羊，那怎麼能長久呢？

清｜周春　輯｜《遼詩話·童謠》

他山之石，可以攻玉。

【釋文】使用其他山上的粗石，可以把美玉打磨成器。比喻借鑒別人的長處改正自己的過失。

春秋｜《詩經·小雅·鶴鳴》

衣不如新，人不如故 [1]。

[1] 故：舊。

【釋文】舊衣不如新衣，新人不如舊人。指新衣顏色鮮豔，

舊人感情深厚。

漢｜無名氏｜《古豔歌》

羊羹雖美，眾口難調。

【釋文】羊羹雖然味道鮮美，但有人愛這樣，有人愛那樣，眾人的口味難以調和一致。比喻使所有的人都滿意是困難的。

元｜鄧玉賓｜《普天樂》

兩葉能蔽目，雙豆能塞聰。

【釋文】兩片樹葉可以把雙眼遮住，兩顆豆子也會堵塞聽覺。比喻小事也會蔽人視聽，使人看不清事物全貌。

唐｜聶夷中｜《雜興》

雨落不上天，水覆難再收。

【釋文】雨落在地，不能再回到天上。水倒在地，難以再收回杯中。比喻事情已成定局，就無法輓回。

唐｜李白｜《妾薄命》

臥木易成蠹，棄花難再春。

【釋文】橫放在地上的木頭容易生蟲，落在地上的花朵難以再開。

唐｜孟郊｜《贈李觀》

物以稀為貴。

[釋文] 東西因為稀少才顯得金貴。

唐｜白居易｜《小歲日喜談氏外孫女孩滿月》

藥良氣味苦，琴淡音聲稀。

[釋文] 良藥的氣味苦澀，但能治病；淡雅的琴聲知音很少，但能動人。

唐｜白居易｜《寄唐生》

路遙知馬力，日久見人心。

[釋文] 路途遙遠才能知道馬的力氣大小，日子長了才能看出人心的好壞。

元｜無名氏｜《爭報恩》雜劇

人意共憐花月滿。花好月圓人又散。

[釋文] 人們都憐愛花好月圓，可短暫的花好月圓之後，朋友們又各在一方了。慨歎世事不能十全十美。

宋｜張先｜《木蘭花》

事理　智慧

山重水復疑無路，柳暗花明又一村。

[釋文] 重重山巒、條條溪水好像擋住了去路，可是山迴路轉，又是一個綠柳成蔭、山花爛漫的村莊。現在往往用來形容進入一個別有天地的境界，或比喻絕路逢生的境況。

宋｜陸游｜《游山西村》

玉為玉兮石是石，蘊棄深泥終不易。

[釋文] 玉就是玉，石就是石，把它們一齊埋在泥土的深處，也不會改變它們原來的差別。

唐｜許碏｜《題南嶽招仙觀壁上》

東邊日出西邊雨，道是無晴卻有晴。

[釋文] 天氣一邊下雨一邊出太陽，到底是晴（有情）還是無晴（無情），讓人捉摸不定。描寫對對方的感情半信半疑的複雜心情。

唐｜劉禹錫｜《竹枝詞二首》之一

志士惜日短，愁人知夜長。

[釋文] 有志之士忙於事業，總是惋惜時間太短；而憂愁的人卻總是感到黑夜太長。

晉｜傅玄｜《雜詩三首》之一

春花無數，畢竟何如秋實。

[釋文] 春花爛漫，雖然好看，到底比不上秋天纍纍的果實更有價值。

宋｜陳亮｜《三部樂·七月二十六日壽王道甫》

城中桃李須臾盡，爭似垂楊無限時。

[釋文] 城中的桃花李花雖然十分鮮豔，但一剎那之間就飄落了，它怎能和那青翠的垂楊柳相比呢？比喻浮華只是暫時的，真淳卻能長久。

唐｜劉禹錫｜《楊柳枝詞九首》之四

事理　智慧

莫因魚肉賤，棄捐蔥與薤。

〔釋文〕不要因為魚肉便宜，就把蔥和薤（xiè）菜扔掉了。意指不要喜新厭舊。

三國·魏｜甄皇后｜《塘上行》

恐是葉公好假龍，及見真龍卻驚怕。

〔釋文〕表面上愛好某事物，但並非真正喜歡它。形容表裏不一。

唐｜齊己｜《謝徵上人見惠二龍障子以短歌酬之》

凌煙閣 【1】 上人，未必皆忠烈。

【1】 凌煙閣：唐王朝皇帝宮內的閣名。唐太宗貞觀十七年，命閻立本繪長孫無忌、魏徵等二十四人圖像於凌煙閣，以表彰他們的功績。

〔釋文〕以戰爭起家的將領們，他們為了獵取個人的功名而驅兵窮戰不已，未必都是忠烈之士。

唐｜于濆｜《戍卒傷春》

雄兔腳撲朔 【1】，雌兔眼迷離 【2】。兩兔傍 【3】 地走，安能辨我是雄雌？

【1】 撲朔：跳躍的樣子。

【2】 迷離：模糊的樣子。

【3】 傍（bàng）：靠近。

〔釋文〕雄兔跳躍不停，雌兔眼神不定，當兩隻兔子貼地奔跑，怎麼能分辨得出哪隻是雌、哪隻是雄呢？以雙

兔作比，讚歎木蘭替父從軍，巧妙地女扮男裝。

北朝｜無名氏｜《木蘭詩》之一

貂不足，狗尾續。

【釋文】貂尾不夠用了，就用狗尾來補充。後來常用「狗尾續貂」泛稱以壞續好。

晉｜民謠｜《貂不足》

愁人莫向愁人說，說向愁人愁殺人。

【釋文】愁苦的事不要向另一個愁苦的人傾訴，否則令人更加愁苦。說話辦事要找準對象，否則不僅於事無補，還會更糟糕。

宋｜釋普濟｜《五燈會元》

檻外 [1] 低秦嶺，窗中小渭川 [2]。

[1] 檻外：長廊旁的欄杆外面。

[2] 渭川：即流經咸陽的渭水。

【釋文】從高高的閣樓憑欄遠眺，只見高大的秦嶺顯得那麼低矮；從窗戶向外望去，遼闊的渭水也顯得那麼窄小。

唐｜岑參｜《登總持閣》

痴人之前莫說夢，夢中說夢愈闊迂。

【釋文】對痴呆如在夢裏的人不要講自己的夢，這就像在夢裏說夢話一樣迂腐不切實際。

宋｜劉過｜《寄竹隱先生孫應時》

事理　智慧

上邪下難正，眾枉不可矯。

> 〔釋文〕居上位的人奸邪，在下位的人就很難正直；大家都走歪門邪道，想要糾正也不可能了。

南朝·宋｜何承天｜《上邪篇》

功名富貴若長在，漢水亦應西北流。

> 〔釋文〕功名富貴如能長久存在，那麼漢水也能向西北倒流了。說明功名富貴絕不會常在，只是過眼煙雲。

唐｜李白｜《江上吟》

多歧自古能亡羊。

> 〔釋文〕自古以來，在岔路太多的地方，容易丟失羊。

明｜吳承恩｜《贈張樂一》

歲歲榮枯原上草。

> 〔釋文〕原野上的草，每年一榮一枯。

宋｜劉子寰｜《玉樓春》

兩岸猿聲啼不住，輕舟已過萬重山。

> 〔釋文〕兩岸猿聲，還在耳邊不停地啼叫。不知不覺中，輕舟已穿過萬重青山。

唐｜李白｜《早發白帝城》

事理 智慧

芳林新葉催陳葉，流水前波讓後波。

【釋文】春天的樹木新葉催換舊葉，奔流的河水中前面波浪退讓給後面的波浪。比喻新陳代謝是自然界必然的規律。

唐｜劉禹錫｜《樂天見示，傷微之、敦詩、晦叔、三君子，皆有深分，因成是詩以寄》

近水樓台先得月，向陽花木易為春。

【釋文】臨水的樓台沒有樹木遮擋，先得到水中的月亮倒影；向陽的花木光照條件較好，春天早得發育。後來引用時簡化為「近水樓台」，作成語用。現含貶義，指由於接近某人某物可以優先得到某種利益和照顧。

宋｜蘇麟｜《斷句》

春光不自留，莫怪東風惡。

【釋文】春光自己留不下來，不要責怪東風作惡。事易時移，這是自然界的規律。

明｜于謙｜《清明日戲題》

相馬須相骨，探水須探源。

【釋文】察看馬的好壞，應該看牠的骨頭；探察江河，必須探察源頭。指要知道事物的真相，就要追本溯源。

宋｜張九成｜《辛未閏四月即事》

事理　智慧

獨往路難盡，窮 [1] 陰人易傷。

[1] 窮：極。

〔釋文〕 一個人走路好像老是到不了目的地，陰寒的天氣最易傷人的身體。

唐｜崔曙｜《早發交崖山還太室作》

結得百家怨，此身終受殃。

〔釋文〕 與眾人結怨，自己最終就會遭殃。

唐｜王梵志｜《貧兒二畝地》

射人先射馬，擒賊先擒王。

〔釋文〕 馬目標大容易射中，射馬，馬翻人仰，這樣就可以活捉敵人了；蛇無頭不走，鳥無頭不飛，擒王，則賊眾自降。

唐｜杜甫｜《前出塞九首》之六

事理 智慧

道遠知驥，世偽知賢。

〔釋文〕 路程遙遠才可以瞭解良馬，人世詭詐才可以瞭解賢人。俗語「路遙知馬力，日久見人心」是受這兩句詩影響而出現的。

三國・魏｜曹植｜《矯志詩》

新沐者必彈冠，新浴者必振衣。

〔釋文〕 剛剛沐浴過的人，一定把自己要穿戴的衣帽也收

拾乾淨，怕弄髒了身體。

戰國｜屈原｜《楚辭·漁父》

二、辯證

人言快意難得時，世間樂事須生悲。

[釋文] 極難得到的事情得到了，往往是一個人最快樂的時候，但是事情卻是常常樂極生悲的。

宋｜劉過｜《古詩》

尺有所短，寸有所長。物有所不足，智有所不明。

[釋文] 尺雖比寸長，但用於更長之處卻又顯得短了；寸雖比尺短，但用於更短之處卻又顯得長了。事物總有它的不足之處，聰明人總有他不明智的地方。

戰國｜屈原｜《楚辭·卜居》

早榮亦早枯，易得還易失。

[釋文] 最先茂盛起來的，也最先枯萎；輕易得到的，也容易失去。

清｜汪繹｜《無題》

芙蓉好顏色，可惜不經霜。

[釋文] 芙蓉花雖然顏色鮮豔，可惜經不起秋霜的考驗。

明｜于謙｜《秋意》

物有無窮好，藍青又出青。

> 釋文 世上美好的事物是沒有止境的，就像青的顏色本來來自蓼藍，但它又勝過蓼藍。

唐｜呂溫｜《青出藍詩》

榮名穢人身，高位多災患。

> 釋文 耀眼的名譽能使人身心骯髒，高顯的地位會給人帶來很多災難。

三國・魏｜嵇康｜《與阮德如》

貴者雖自貴，視之若埃塵。
賤者雖自賤，重之若千鈞。

> 釋文 權貴雖然自視高貴，但在我看來就像塵土一樣不足珍視；寒微之人自覺卑下，但在我看來他們卻有千鈞重的分量。

晉｜左思｜《詠史八首》之六

三、因果

天堂地獄由人造，古人不肯分明道。

> 釋文 天堂地獄不是上帝造的，而是人造的，古人不願說明白。

元｜鄧玉賓｜《正宮・叨叨令・道情四首》之三

良醫將治之，必究病所因。

【釋文】高明的醫生替人治病，一定要找出犯病的根源。

宋｜歐陽修｜《奉答子華學士安撫江南見寄之作》

妻賢夫禍少。

【釋文】妻子賢惠，她的丈夫災禍就少。

元｜李直夫｜《虎頭牌》第三折

智者不愁，多為少憂。

【釋文】聰明的人不發愁，這是因為他在多做事的過程裏，憂煩自然就減少了。

漢｜樂府古辭｜《滿歌行》

善有善報，惡有惡報，不是不報，時辰未到。

【釋文】善惡之報是有因果的。

元｜劉君錫｜《龐居士誤放來生債》雜劇

嫩草怕霜霜怕日，惡人還被惡人磨。

【釋文】嫩草怕霜，但霜也怕太陽照，惡人欺負人，還有比他更惡的人欺侮他。

清｜吳睿｜《飛龍全傳》

事理　智慧

四、禍福

丈夫立身須自省，知禍知福如形影。

〔釋文〕一個人處在世上應經常反省自己，應當知道禍和福就像形和影那樣緊密相連。

唐｜樊鑄｜《及第後讀書院詠物十首上禮部李侍郎》之十

天有不測風雲，人有旦夕禍福。

〔釋文〕就像天空有難以預測的風雲變幻一樣，每個人在旦夕之間都會有禍福之事發生。

宋｜無名氏｜《張協狀元·勝花氣死》

見兔必能知顧犬，亡羊補棧未為遲。

〔釋文〕看到野兔，必須知道回頭喚狗去追捕。羊丟失了，再去修補羊圈還不算晚。

唐｜周曇｜《春秋戰國門莊辛》

鳥盡良弓藏，謀極身必危。

〔釋文〕飛鳥殺盡了，射鳥的良弓就被擱置。計謀用完了，獻計的人必遭危厄。

三國·魏｜嵇康｜《五言贈秀才詩》

有得須有失，無福亦無禍。

〔釋文〕有得必有失，禍福相依存。

元｜朱庭玉｜《仙呂·妖神急·道情》

聞毀勿戚戚，聞譽勿欣欣。
自顧行何如，毀譽安足論。

〔釋文〕別人詆毀你時不要悲傷；別人稱讚你時，不要得意忘形。要看看自己做得怎樣，這樣毀譽哪裏還值得放在心上呢？

唐｜白居易｜《續座右銘》

常將冷眼看螃蟹，看你橫行到幾時！

〔釋文〕強梁橫行，沒有好下場。

元｜楊顯之｜《臨江驛瀟湘秋夜雨》雜劇

想人間造物搬興廢，吉藏凶，凶暗吉。

〔釋文〕想那造物主任意搬弄興廢，使興轉廢，使廢轉興。吉祥當中埋藏着禍患，禍患當中隱含着吉祥。講的是「禍兮，福之所倚；福兮，禍之所伏」的道理。

元｜關漢卿｜《雙調·喬牌兒》

糠和米，本是相倚依，誰人簸揚你作兩處飛？

〔釋文〕糠和米本來相互結合在一起，是誰把你簸揚得兩處分飛？

元｜高明｜《琵琶記·糟糠自厭》

事理　智慧

五、是非

大風吹倒梧桐樹，自有旁人說短長。

〔釋文〕如果出了事情，總會有人議論長短。

元｜高明｜《琵琶記·幾言諫父》

三夫成市虎 [1]，慈母投杼 [2] 趨 [3]。

[1] 三人成市虎：《戰國策·魏策》載，龐蔥對魏王說：三個人都說城市裏有虎，你信嗎？魏王回答說：我信。《史記·樗里子甘茂列傳》記載，過去魯國有個跟曾參同名姓的人殺了人。有人就去告訴曾母仉（zhǎng）氏說曾參殺人。曾母認為自己的兒子不可能殺人，仍在織布機上坦然勞作，但又有人接二連三地來報曾參殺人的消息，曾母便扔下梭子，下了織布機，逃走了。

[2] 杼（zhù）：古代織布用的梭子。

[3] 趨：快走，這裏指逃跑。

〔釋文〕三個人能把市區裏有虎這種謠言說成是事實。三個人誤傳曾參殺人，也嚇得曾參的慈母扔下梭子逃走。

梁｜沈約｜《宋書·樂志三》

天下本無事，自為庸人擾。

〔釋文〕天下本來沒有甚麼事，庸人自為驚擾。

宋｜梅堯臣｜《李揜人淮南提刑》

事理 智慧

來說是非者，便是是非人。

〔釋文〕在人面前說人長短的人，那就是搬弄是非的人。

宋｜釋普濟｜《五燈會元》

識人多處是非多。

〔釋文〕對別人看得太細、太清楚，就容易招惹是非。

元｜顧君澤｜《南呂・罵玉郎帶過感皇恩採茶歌・述懷》

理絲入殘機，何悟不成匹！

〔釋文〕把整理好的絲投入到殘破的織布機上，哪裏知道，這是織不成布匹的。

晉｜無名氏｜《子夜歌四十二首》之七

堂堂八尺軀，莫聽三寸舌。
舌上有龍泉 **1**，殺人不見血。

1 龍泉：古代劍名，這裏泛指寶劍。

〔釋文〕勸人不要聽信讒言，讒言好似利劍，把人殺了連血也看不見。

宋｜羅大經｜《鶴林玉露》卷六

蟬翼為重，千鈞 **1** 為輕。
黃鐘 **2** 毀棄，瓦釜 **3** 雷鳴。

1 鈞：古代重量單位，一鈞等於三十斤。

2 黃鐘：黃銅鑄的鐘上，古代的一種打擊樂器，多為廟堂所用。

事理　智慧

3 瓦釜：泥土燒成的鍋。

〔釋文〕蟬的翅膀算是重的，三萬斤的分量算是輕的。律管黃鐘遭到毀壞而被拋棄，瓦鍋卻被敲得山響，大受歡迎。

戰國｜屈原｜《楚辭·卜居》

六、變化

一千五百年間事，只有灘聲似舊時。

〔釋文〕一千五百年的時間裏，人間事事都有巨大的變化，只有灘頭的濤聲還是發出舊時的聲響。

宋｜陸游｜《楚城》

人生豈草木，寒暑移此心。

〔釋文〕人生怎能像草木那樣，隨着寒暑節氣的變化而改變自己的習性。

唐｜劉灣｜《擬古》

舊時王謝 **1** 堂前燕，飛入尋常百姓家。

1 王謝：指東晉王導、謝安等豪門世族，多居於烏衣巷一帶。

〔釋文〕當年王導謝安檐下的燕子，如今已飛進尋常百姓家中。

唐｜劉禹錫｜《烏衣巷》

林間縱有殘花在，留到明朝不是春。

【釋文】枝頭上的花雖然還沒有落下來，不過就是留到明天，也不能表明是春天了。

唐｜季方｜《三月晦》逸句

京洛 ■ 多風塵，素衣化為緇 ■。

■ 京洛：京城洛陽。

■ 緇：黑色。

【釋文】洛陽經常颳風飄塵，使白衣變成了黑色。

晉｜陸機｜《為顧彥先贈婦二首》之一

春回廢苑還芳草，人渡空江正落潮。

【釋文】春天回到廢棄的園林就會使百草恢復青春，人能夠渡過空闊的江面是因為正趕上落潮。

明｜高啟｜《送顧軍諮還梁溪》

落紅不是無情物，化作春泥更護花。

【釋文】落花辭別故枝並不是無情無義地就去了，它是把自己融入春天的沃土裏，滋養花朵。

清｜龔自珍｜《己亥雜詩·浩蕩離愁白日斜》

事理　智慧

橫看成嶺側成峰，遠近高低各不同。

不識廬山真面目，只緣身在此山中。

【釋文】正面望去，高嶺橫空。側面看去，卻成了峭拔的奇峰。隨着人的位置遠近高低的變化，廬山更顯得千姿百態，氣象萬千。為甚麼看不清廬山的真面目呢？只因為自己處在這座山的當中。

宋｜蘇軾｜《題西林壁》

覆水不可收，行雲重難尋。

【釋文】倒在地上的水收不回來，飛走的雲朵再也找不到了。

唐｜李白｜《代別情人》

七、博見

不畏浮雲遮望眼，只緣身在最高層。

【釋文】不擔心浮雲會遮住視線，這是因為自己站在山峰的最高層。

宋｜王安石｜《登飛來峰》

莫道君行早，更有早行人。

【釋文】不要說你出發的早，還有比你更早的人。

宋｜釋道原｜《景德傳燈錄》卷二十二

修養　品質

一、節操

一片至堅操，那憂歲月侵。

[釋文] 太湖石有堅貞的節操，不會因為歲月的流逝而改變。

唐｜王貞白｜《太湖石》

寧與燕雀翔，不隨鴻鵠（hú）飛。

[釋文] 寧願和普通人為伍，屈居下位，也不願依附權貴，求得顯達。

晉｜阮籍｜《詠懷八十二首》之八

死猶未肯輸心去，貧亦其能奈我何？

[釋文] 死都不可能讓我出賣靈魂，貧困難道能把我怎麼樣？

明末清初｜黃宗羲｜《山居雜詠六首》之一

富貴不淫貧賤樂，男兒到此是豪雄。

[釋文] 富貴時能保持清醒頭腦，貧賤時能保持樂觀精神，這就是豪傑處處體現的本色。

宋｜程顥｜《偶成》

二、堅貞

水為風生浪，珠非塵可昏。

〔釋文〕 水性柔弱，因風便起浪。珠性堅貞，即使蒙上灰塵也不失光彩。

唐｜劉禹錫｜《贈別君素上人並引》

貞剛自有質，玉石乃非堅。

〔釋文〕 自己的貞剛之質比玉石還要堅硬。

晉｜陶淵明｜《戊申歲六月中遇火》

何事不看霜雪裏，堅貞惟有古松枝。

〔釋文〕 人有堅貞的品格，就會經得起考驗。

唐｜施肩吾｜《代徵夫怨》

益重青青志，風霜恆不渝。

〔釋文〕 要更加珍視美好的志向，在任何艱難環境裏永不變心。

唐｜李隆基｜《賜新羅王》

三、道德

天清既能久，地靜不能朽。

〔釋文〕 品德高尚的人能夠流芳百世。

唐｜柳識｜《許由先生潁陽祠庭獻酹文序》

心同野鶴與塵遠，詩似冰壺 **1** 見底清。

1 冰壺：盛冰的玉壺，比喻潔白。鮑照《白頭吟》：「直如朱絲繩，清如玉壺冰。」

〔釋文〕 表達了為人高潔，不與世俗合流。

唐｜韋應物｜《贈王侍御》

飢不從猛虎食，暮不從野雀棲。

〔釋文〕 肚子餓了，也不跟猛虎一起吃東西。天晚了，不隨野雀一塊兒棲息。

漢｜曹丕｜《猛虎行》

自是桃李樹，何畏不成蹊？

〔釋文〕 如果本身就是桃李滿枝，何必害怕沒人到樹下來呢？

唐｜李賀｜《奉和二兄罷使遣馬歸延川》

直如朱絲繩 **1**，清如玉壺冰。

1 朱絲繩：指琴上的朱弦。

〔釋文〕 正直得如同琴上的朱弦，毫無屈曲；清潔得如同冰在玉壺，不容有半點污穢。

南朝·宋｜鮑照｜《代白頭吟》

修養 品質

松柏本孤直，難為桃李顏。

【釋文】 松柏本性孤傲剛直，很難像桃李那樣，用鮮豔的顏色取悅人。

唐｜李白｜《古風十九首》之十二

洛陽親友如相問，一片冰心 **1** 在玉壺。

1 冰心：陸機《漢高祖功臣頌》：「心若懷冰」，用「冰」比擬「心」的純潔。

【釋文】 指詩人光明磊落、廉潔無私。自己的心如同玉壺中的一片冰那樣純潔、清澈無瑕。

唐｜王昌齡｜《芙蓉樓送辛漸二首》之一

高山仰 **1** 止 **2**，景行 **3** 行止。

1 仰：瞻望。

2 止：句末助詞，沒有實義。

3 景行：遠路。

【釋文】 遇到高山就盡情瞻望，遇到大路就順利通行。後世以「高山景行」來推崇道德高尚的人。

春秋｜《詩經・小雅・車轄》

願君崇明德，歲暮如青松。

【釋文】 希望你重視道德修養，一定要像青松那樣保持自己的晚節。

唐｜獨孤及｜《夏中酬於逖畢耀問病見贈》

四、正直

一點浩然氣，千里快哉風。

[釋文] 心中光明正大，心情就像千里長風那樣暢快。

宋｜蘇軾｜《水調歌頭》

平生不做虧心事，半夜敲門不吃驚。

[釋文] 一輩子不乾壞事，半夜有人來敲門就不害怕。

元｜無名氏｜《盆兒鬼》雜劇

立不改名，坐不改姓。

[釋文] 意思是行為光明正大，無所畏懼。

元｜無名氏｜《謝金吾》雜劇

我心匪 [1] 石，不可轉也。
我心匪席，不可捲也。

[1] 匪：同「非」。

[釋文] 我的心不是石頭，不能任人轉動；我的心不是席子，也不能任人捲折。

春秋｜《詩經·邶風·柏舟》

肝膽一古劍，波濤兩浮萍。

[釋文] 我們的肝膽就像一把古劍，剛直不阿，光明磊落；我們的遭遇有如波濤之中的浮萍，東飄西蕩，此

沉彼浮，仕途坎坷。

唐｜韓愈｜《答張徹》

松色不肯秋，玉性不可柔。

【釋文】青松不肯隨秋風而改變顏色，玉石不能因火燒而變軟。

唐｜孟郊｜《送丹霞子阮芳顏上人歸山》

始知端正心，寐語尚不誑。

【釋文】連夢話都不會欺騙人，可知他人品的正直了。

宋｜梅堯臣｜《和元之述夢見寄》

五、謙虛

三日入廚 **1** 下，洗手作羹湯。
未諳 **2** 姑食性 **3**，先遣小姑嘗。

1 三日入廚：古代風俗，新娘結婚三日後到廚房去烹調。

2 諳：熟悉。

3 姑食性：婆婆的口味。

【釋文】說新嫁娘的小心謹慎。借喻自己初次踏進官場，不知長官的脾氣，遇事得請教同僚。

唐｜王建｜《新嫁娘詞三首》之三

才疏志大不自量，西家東家笑我狂。

【釋文】 我這人才學沒多少，但志向挺大，有些不自量力，別人都笑我狂妄。

宋｜陸游｜《大風登城》

風流 [1] 不在談鋒勝，袖手無言味最長。

[1] 風流：風度，這裏指有才學。

【釋文】 一個人是否有學問不在於口頭上誇誇其談。寡言少語，成竹在胸才是最有意思的。

宋｜黃庭｜《鷓鴣天》

心虛常覺友朋賢。

【釋文】 能以虛心的態度與朋友相處，總會發現朋友身上有許多優點。

清｜袁枚｜《遣興》

戰戰兢兢，如臨深淵，如履薄冰。

【釋文】 提心吊膽，如同走近深潭，如同踏着薄冰。

春秋｜《詩經·小雅·小旻》

聞義貴能徙，見賢思與齊。

【釋文】 聽到正義就要主動靠攏，看見賢人就向他看齊。

宋｜陸游｜《示兒》

修養　品質

六、寬容

山不讓塵，海不厭深。

【釋文】山不拒絕細小的塵埃，因此才那樣高大；江河不嫌棄細流，所以才能博大浩渺。

晉｜張華｜《勵志詩》

海納百川有容乃大，壁立千仞無慾則剛。

【釋文】要廣泛聽取各種不同意見，才能把事情辦好，立於不敗之地。當官必須堅決杜絕私慾，才能像大山那樣剛正不阿，挺立世間。

清｜林則徐聯語

得饒人處且饒人。

【釋文】做事不要做絕，須留有餘地。

宋｜俞文豹｜《唾玉集·常談出處》

七、忠誠

三顧頻煩天下計，兩朝開濟老臣心。

【釋文】劉備三次拜訪一再勞煩諸葛亮籌劃天下大計。諸葛亮在先主劉備、後主劉禪兩個朝代都忠心耿耿，開創大業，經世濟民。

唐｜杜甫｜《蜀相》

兄弟敦和睦，朋友篤（dǔ）信誠。

【釋文】 兄弟之間應該和睦，朋友之間應該忠誠。

唐｜陳子昂｜《座右銘》

疾風知勁草，板蕩 **1** 識誠臣。

1 板蕩：《板》《蕩》，《詩經·大雅》的篇名。《詩序》說：「《板》，凡伯刺厲王也。」「《蕩》，召穆公傷周室大壞也。厲王無道，天下蕩蕩，無綱紀文章，故作是詩也。」都是亂世的反映，故板蕩為「亂世」的代稱。

【釋文】 在狂風中才能看出草的堅韌；在政局的混亂不安時，才能識別出臣子的忠心。

唐｜李世民｜《贈蕭瑀》

八、誠信

一諾許他人，千金雙錯刀 **1** 。

1 錯刀：古代錢名，一刀值五千錢。

【釋文】 一旦許諾他人之言，要比千金還貴重。

唐｜李白｜《敘歸贈江陽宰陸調》

一言為重百金輕。

【釋文】 實現自己的諾言，其價值勝過百兩黃金。

宋｜王安石｜《商鞅》

百金孰為重，一諾良匪輕。

〔釋文〕 百金怎麼能不重呢？但和諾言比起來就顯得輕了。

唐｜盧照鄰｜《詠史》

季布 **1** 無二諾，侯嬴（yíng）**2** 重一言。

1 季布：漢代將軍，重信義。《史記·季布欒布列傳》：「得黃金百，不如得季布一諾。」

2 侯嬴：戰國魏信陵君的門客。信陵君救趙，侯嬴因年老不得隨行，但表示要殺身以報，後來他果然照他的諾言做了。

〔釋文〕 說明不要輕易許諾，話說出去了，就要切切實實地去做。

唐｜魏徵｜《述懷》

九、廉正

一塵不染香到骨，姑射仙人風露身。

〔釋文〕 雪後梅花一塵不染，清香徹骨，就像姑射山中的仙人披風戴露一樣美麗。比喻人應當像梅花那樣清高廉潔，不受壞習氣的沾染。

宋｜張耒（lěi）｜《臘初小雪後圃梅開二首》之二

千錘萬鑿出深山，烈火焚燒若等閒。
粉骨碎身全不怕，要留清白在人間。

〔釋文〕 不怕千錘萬鑿，不怕烈火焚燒，不怕粉身碎骨。
只要留得清白在人間，這就是我的心願。

明｜于謙｜《石灰吟》

不息惡木 [1] 枝，不飲盜泉 [2] 水。
常思稻粱遇，願棲梧桐樹。

[1] 惡（è）木：醜陋的樹。惡：醜陋。

[2] 盜泉：《屍子》載：「孔子過於盜泉，渴矣而不飲，惡其名也。」

〔釋文〕 為人、為官都應該行為高潔，心地善良美好。

唐｜盧照鄰｜《贈益府群官》

財上分明大丈夫。

〔釋文〕 在如何對待錢財上，最容易識別是否為真正的男
子漢。

元｜石君寶｜《秋胡戲妻》

道在無伊鬱，天將奈爾何。

〔釋文〕 如果你走的是正道，天也奈何不了你。

唐｜韓偓（wò）｜《信筆》

修養 品質

十、名利

名節重泰山，利慾輕鴻毛。

[釋文] 要把名譽氣節看得像泰山一樣重，要把利慾看得像鴻毛一樣輕。

明｜于謙｜《無題》

爭利亦爭名，驅車復驅馬。

[釋文] 為爭名奪利奔走不停，不是驅車去爭，就是騎馬去奪。

南朝·梁｜王僧孺｜《落日登高》

封侯非我意，但願海波平。

[釋文] 獲取功名並非我的意願，我一心想的是把海上倭患平息下來。

明｜戚繼光｜《韜鈐深處》

透得名利關，方是小歇處。

[釋文] 能夠過了看透名利這一關，人生才過得些許輕鬆。

宋｜羅大經｜《鶴林玉露》卷六

蝸角虛名，蠅頭微利，算來着甚乾忙。

[釋文] 人世間的虛名薄利，不過是蝸牛觸角、蒼蠅頭那麼大的得失，有甚麼好為之奔忙爭奪的。

宋｜蘇軾｜《滿庭芳·蝸角虛名》

十一、去私

上天茫茫無曲私，不為一夫行四時。

⟨釋文⟩ 大自然廣闊無私，不為了一個人而運行不同的季節。

明｜吳承恩｜《慰友人》

平生莫邪劍，不報小人仇 **1**。

> **1** 小人仇：私仇。

⟨釋文⟩ 不要為了細碎的私仇小怨而仗劍洩憤。

唐｜張祜｜《書憤》

好人常直道，不順世間逆。

⟨釋文⟩ 正直的人按照公道辦事，絕不和邪惡之徒同流合污。

唐｜孟郊｜《擇友》

所計一身肥，豈望天下活？

⟨釋文⟩ 一個人只顧自己的私利，還怎能讓百姓關心呢？

明末清初｜顧炎武｜《雙雁》

當知歲功立，唯是奉無私。

⟨釋文⟩ 應當知道田地裏的莊稼之所以能成熟，這都是太陽的大公無私。

唐｜羅讓｜《閏月定四時・試帖》

修養 品質

養勇期除惡（è），輸忠在滅私。

〔釋文〕培養勇氣是為了除惡，盡忠就在於克服私心。

唐｜白居易｜《代書一百韻寄微之》

十二、貪慾

一蛇吞象 [1]，厥大何如？

[1] 一蛇吞象：指巴蛇吞象的故事。《山海經·海內南經》：「巴蛇食象，三歲而出其骨。」

〔釋文〕蛇能吞掉象，它到底有多大？

戰國｜屈原｜《楚辭·天問》

為看芳餌下，貪得會無筌 [1]。

[1] 筌：捕魚用的竹器。

〔釋文〕看看那上鈎的魚兒，都是由於貪圖芳餌才對那捕魚的竹器視而不見。

唐｜沈佺（quán）期｜《釣竿篇》

為口忘計身，饕（tāo）[1] 死何足哭。

[1] 饕：貪食。

〔釋文〕為滿足口腹之慾，把節操置之度外的人，即使死了，也沒甚麼可惜的。

宋｜范成大｜《河豚歎》

豪華盡出成功後，逸樂安知與禍雙。

[釋文] 大功告成後便窮奢極慾，豈不知逸樂從來都是與災禍相伴隨。

宋｜王安石｜《金陵懷古四首》之一

十三、君子

君子死知己。

[釋文] 君子為知己而死。

晉｜陶淵明｜《詠荊軻》

君子芳桂性，春榮冬更繁。

[釋文] 君子的性格就像那散發着芳香的桂樹一樣，春天的時候一片蔥綠，而到冬天的時候卻越發枝繁葉茂。

唐｜孟郊｜《審交》

君子忌苟合，擇交如求師。

[釋文] 有德之人忌諱隨便交友，選擇朋友如同拜師一樣嚴肅認真。

唐｜賈島｜《送沈秀才下第東歸》

君子交有義，不必常相從。

^{釋文} 品德高尚的人交往過程中結下了深厚的情誼，不一定晝夜互相來往。

三國·魏｜郭遐叔｜《贈嵇康五首》之五

君子山嶽定，小人絲毫爭。

^{釋文} 君子在大是大非問題上，其立場就像高山那樣不可動搖，而小人往往在蠅頭小利上爭執不休。

唐｜孟郊｜《秋懷十五首》之八

何昔日之芳草 **1** 兮，今直為此蕭艾 **2** 也？

1 芳草：香草，喻君子。

2 蕭艾：兩種野蒿，都是賤草，喻小人。

^{釋文} 為甚麼往日的君子，今天竟都變成小人了呢？

戰國｜屈原｜《楚辭·離騷》

味甘終易壞，歲晚還知，君子之交淡若水。

^{釋文} 醴的味道甘甜，但它終究容易壞。君子之間的交情就像水一樣淡，所以能長久不衰。

宋｜辛棄疾｜《洞仙歌·丁卯八月病中作》

受屈不改心，然後知君子。

^{釋文} 身處逆境而不改變志向，這樣的人便是君子。

唐｜李白｜《贈韋侍御黃裳二首》之一

十四、小人

子系中山狼，得志便猖狂。

【釋文】你就是中山狼那樣忘恩負義的傢伙，一旦得志便猖狂放肆起來。

清｜曹雪芹｜《紅樓夢》第五回

天地不自險，險由人為之。

【釋文】天地並不險惡，險惡的是小人的心。

宋｜蘇舜欽｜《太行道》

奴顏婢膝真乞丐。

【釋文】奴顏婢膝、毫無骨氣的人，才是真正的乞丐。

唐｜陸龜蒙｜《江湖散人歌》

曲木忌日影，讒人畏賢明。

【釋文】彎曲的樹木，怕太陽光線照射。讒佞的小人，害怕道德高尚的人。

唐｜孟郊｜《古意贈梁肅補闕》

變形易色，隨風東西。

【釋文】像變色龍那樣的人，看風使舵，趨炎附勢，這是小人行徑。

三國・魏｜曹睿｜《步出夏門行》

烈士多悲心，小人偷自閒。

【釋文】 志士常有憂國傷時的心情，小人就苟且活命、自求安閒了。

鴟鴞（chī xiāo）¹鳴衡軛²，豺狼當路衢³。
蒼蠅間白黑，讒巧令親疏。

¹ 鴟鴞：即貓頭鷹，性凶狠，叫聲難聽。與下文的「豺狼」，都指小人。

² 衡軛：車轅頭上的橫木和駕車時套在牲口脖子上的曲木。

³ 衢：大街。

【釋文】 鴟鴞在車上叫囂，豺狼在路上橫行。比喻小人得志，正直的人處境危險。蒼蠅般的邪惡小人顛倒黑白、搬弄是非，他們的讒言巧語使得親人之間都疏遠了。

三國・魏｜曹植｜《贈白馬王彪・並序》

翻手作雲覆手雨，當面輸心背面笑。

【釋文】 小人嘴臉變化不定。

北宋｜王安石｜《老人行》

十五、修養

千淘萬漉雖辛苦，吹盡狂沙始到金。

【釋文】 淘金要千萬遍地過濾，雖然辛苦，但只有淘盡了泥沙，才會露出閃亮的黃金。

唐｜劉禹錫｜《浪淘沙》

不經一番寒徹骨，怎得梅花撲鼻香？

[釋文] 梅花要不是經受住一次次風霜摧折之苦，哪會有素馨沁人的花香。

唐｜黃蘗禪師｜《上堂開示頌》

書到用時方恨少，事非經過不知難。

[釋文] 知識需要在用到的時候才知道不足，才知道自己讀的書太少。事情如果不是經歷過，便不能知曉其中的艱辛與坎坷。

清｜陳廷焯聯語

世事洞明皆學問，人情練達即文章。

[釋文] 把世間的事弄懂了，處處都有學問。把人情世故摸透了，處處都是文章。

清｜曹雪芹｜《紅樓夢》第五回聯語

如切如磋，如琢如磨。

[釋文] 君子的自我修養就像加工骨器和玉器，切了還要磋，琢了還得磨。

春秋｜《詩經·衛風·淇奧》

常聞誇大言，下顧皆細萍。

[釋文] 常常看到喜歡說大話的人，他們的行為就像細小的浮萍那樣，不值一提。

唐｜孟郊｜《石淙十首》之五

修養 品質

朝飲木蘭之墜露兮，夕餐秋菊之落英。

【釋文】早晨飲用木蘭花上滴落的露水，傍晚咀嚼秋菊飄落的花瓣。

戰國｜屈原｜《楚辭‧離騷》

一、愁惱

一片花飛減卻春，風飄萬點正愁人。

【釋文】 一片花飛，春殘之始。落花萬點，春殘欲盡。

唐｜杜甫｜《曲江二首》之一

三分春色二分愁，更一分風雨。

【釋文】 春光雖好，可是因為離情別緒，已減色不少，再加上風雨不停，把春色都抵消了。

宋｜葉清臣｜《賀聖朝·留別》

長愁成細腰。

【釋文】 總是愁悶不樂，就容易消瘦衰老。

唐｜王訓｜《獨不見》

心思不能言，腸中車輪轉。

【釋文】 心中的愁思無從向人訴說，只能像車輪似的在自己心裏迴環輾轉。

漢｜樂府古辭｜《悲歌》

只恐雙溪舴艋 [1] 舟，載不動，許多愁。

[1] 舴艋 (zé měng)：小船。

【釋文】 只怕是雙溪的輕舟，也載不動這樣多的憂愁。

宋｜李清照｜《武陵春》

乍雨乍晴花自落，閒愁閒悶晝偏長。
為誰消瘦損容光。

〔釋文〕黃梅季節一會兒下雨，一會兒出太陽，最易使花凋落。在愁悶的時候，就覺得白天太長，無法消磨過去。我這是在為誰憂愁消瘦，臉上沒了光彩？

宋｜晏殊｜《浣溪沙》

白髮三千丈，緣愁似個長。

〔釋文〕滿頭白髮有三千丈那麼長了，這是因為心頭有無限的思愁。

唐｜李白｜《秋浦歌十七首》之十五

而今識盡愁滋味，欲說還休。
欲說還休，卻道天涼好個秋！

〔釋文〕如今真嘗夠愁苦的滋味，反而不去說它了。晚歲逢秋，本極淒涼，愁到嘴邊即又止住，卻說：「秋天真是涼快啊！」

宋｜辛棄疾｜《醜奴兒‧書博山道中壁》

問君能有幾多愁，恰似一江春水向東流。

〔釋文〕要問我還有多少的憂和愁，恰恰就像那一江東流的水，源源不斷，永無盡頭。

五代‧南唐｜李煜｜《虞美人》

沉憂能傷人，綠 [1] 鬢成霜蓬。

[1] 綠：烏黑色，古詩中常用以形容鬢髮。

釋文 長久的憂愁最傷人了，會使兩鬢由黑變成白色。

唐｜李白｜《怨歌行》

青鳥 [1] 不傳雲外信，丁香空結雨中愁。

[1] 青鳥：《山海經·大荒西經》：「西有王母之山，……有三青鳥，赤首黑目。」郭璞注：「皆西王母使也。」

釋文 無人傳遞消息，因而愁思鬱排遣。

五代·南唐｜李璟｜《攤破浣溪沙》

明月 [1] 不歸沉碧海，白雲愁色滿蒼梧。

[1] 明月：指晁衡，日本人，原名阿倍仲麻呂。天寶年間來中國，在唐朝作官，大曆五年（770），卒於長安。天寶十二年（753），晁衡乘船回日本，海上遇暴風，漂到安南，不久又回長安。當時誤以為晁衡被淹死，李白寫此詩悼之。

釋文 晁衡沉入大海，大自然為之變色，蒼梧山上愁雲籠罩。

唐｜李白｜《哭晁卿衡》

河畔青蕪堤上柳。為問新愁，何事年年有？

釋文 為甚麼「新愁」像青草、綠柳一樣年年萌發？

五代·南唐｜馮延巳｜《鵲踏枝》

情感 心靈

試問閒愁都幾許？一川煙草，滿城風絮，梅子黃時雨。

〔釋文〕若問那無端的愁緒共有多少？就像籠罩在煙霧之下的河邊青草，也像傾城隨風飄蕩的柳絮，更像江南四五月間梅子黃熟時，連日的黃梅雨。

宋｜賀鑄｜《青玉案》節選

是他春帶愁來，春歸何處，卻不解帶將愁去。

〔釋文〕是春帶來的憂愁，如今春到哪裏去了？卻不想着把愁也帶走。

宋｜辛棄疾｜《祝英台近·晚春》

耿耿 ¹ 殘燈背壁影，蕭蕭暗雨打窗聲。

> **1** 耿耿：微明的樣子。

〔釋文〕秋天晚上，宮女面對昏暗的殘燈，聽着敲窗的蕭蕭夜雨聲，守着空房，度過淒涼的漫漫長夜。夜復一夜，年復一年，於寂寞孤哀中打發着一生。

唐｜白居易｜《上陽白髮人》

容顏歲歲愁邊改。

〔釋文〕容貌在一年又一年的愁苦中衰老。

唐｜杜儼｜《客中作》

誰知一寸心，乃有萬斛（hú）**1** 愁。

1 萬斛：不確指，極言憂愁之多。斛（hú），南宋以前，十斗為一斛，南宋末年改為五斗一斛。

【釋文】誰知方寸之心裏，竟有無限的憂愁。

南北朝｜庾信｜《愁賦》

梧桐更兼細雨，到黃昏，點點滴滴。這次第 **1**，怎一個愁字了得！

1 次第：情形、情景。

【釋文】黃昏的時候，點點滴滴的細雨，敲打着梧桐的葉子，更增添了無限的煩惱。這一連串的惱人的情景，一個愁字怎能說得明白呢！

宋｜李清照｜《聲聲慢》

船上管弦江面綠，滿城飛絮混輕塵。愁殺看花人。

【釋文】南國春光明媚歡快，反而勾起看花人的無限春愁。

五代·南唐｜李煜｜《望江梅·閒夢遠》

愁腸已斷無由醉。酒未到，先成淚。

【釋文】愁苦使肚腸寸斷，酒喝不下去，卻無由得醉了。更何況是酒還未斟到杯中，就先自淚流滿面了。

宋｜范仲淹｜《御街行》

情感 心靈

愁與髮相形，一愁白數莖。

[釋文] 心情愁悶就在頭髮上表現出來，一愁就會白幾根頭髮。

唐｜孟郊｜《自歎》

二、鄉思

一聲梧葉一聲秋，一點芭蕉一點愁，三更歸夢三更後。

[釋文] 一聲梧葉落地，加重一層秋夜的淒涼。一點雨水滴在芭蕉葉上，增多了一份客子的愁苦。夜已三更，仍未入眠。過了三更，才夢見自己回到江南。

元｜徐再思｜《雙調·水仙子·夜雨》

人言落日是天涯，望極天涯不見家。
已恨碧山相阻隔，碧山還被暮雲遮。

[釋文] 聽人說太陽落下的地方就是天邊了，可是望盡天邊卻看不見家園。家園被重重疊疊的青山所阻隔，已是可恨的事，而青山又被暮雲遮住了，這在望鄉視野裏又多了一層障礙。

宋｜李覯｜《鄉思》

山映斜陽天接水。芳草無情，更在斜陽外。

〔釋文〕 斜陽映照在山上，遠水與天相連。芳草遠接着斜陽外的天涯（那兒有我的故鄉），勾起我的思鄉愁苦。

宋｜范仲淹｜《蘇幕遮》

不忍登高臨遠，望故鄉渺邈，歸思難收。

〔釋文〕 不忍登高遠望，故鄉特別遙遠，但思歸的心情是壓抑不住的。

宋｜柳永｜《八聲甘州》

無端更渡桑乾水 ■，卻望并州 ■ 是故鄉。

■ 桑乾水：流經山西的桑乾河。

■ 并州：古「九州」之一，其地約當今山西汾水中游地區。

〔釋文〕 在并州居住十年，所憶故鄉咸陽，不但不能回去，反而渡過桑乾河，越走越遠了。所以回望并州，似故鄉一樣。

唐｜賈島｜《渡桑乾》

仍憐故鄉水，萬里送行舟。

〔釋文〕 故鄉水養育着他長大，現在又送他行舟萬里。

唐｜李白｜《渡荊門送別》

情感　心靈

今夕為何夕，他鄉說故鄉。

看人兒女大，為客歲年長。

〔釋文〕為客已久，除夕之夜，竟忘了「今夕為何夕」。看見他鄉人歡度除夕，不免牽動鄉思。離家的時候，自己的兒女還很小，而看見人家的兒女已長大，這才感到自己羈旅他鄉，已有很長一段時間了。

明｜袁凱｜《客中除夜》

風一更，雪一更，聒碎鄉心夢不成，故園無此聲。

〔釋文〕風雪之聲陣陣襲來，聒碎了鄉思這一好夢。而故園沒有這種的聲音。

清｜納蘭性德｜《長相思》

共看明月應垂淚，一夜鄉心五處同。

〔釋文〕一同看到今夜的明月都應該流淚，分散在五處的兄弟妹都同樣在懷念故鄉。

唐｜白居易｜《自河南經亂，關內阻飢，兄弟離散，各在一處。因望月有感，聊書所懷，寄上浮梁大兄、於潛七兄、烏江十五兄；兼示符離及下邽弟妹》

君自故鄉來，應知故鄉事。

來日綺窗前，寒梅著花未？

〔釋文〕你從故鄉來，應該知道故鄉的事情。你出發那天，窗前的梅花，是否開花了呢？

唐｜王維｜《雜詩三首》之二

情感 心靈

近鄉情更怯，不敢問來人。

〔釋文〕 回鄉途中迫切想知道家中的情況，但又怕家裏可能發生甚麼意外，所以反倒膽怯不敢向來人打聽。

唐｜宋之問｜《渡漢江》

含情欲語獨無處，傳與琵琶心自知。

〔釋文〕 滿腔的憂愁沒處訴說，只好把深藏在心裏的幽怨通過琵琶彈奏出來。

宋｜王安石｜《明妃曲》

牀前明月光，疑是地上霜。
舉頭望明月，低頭思故鄉。

〔釋文〕 就寢時見月光灑滿大地，地面披上薄薄的銀裝，懷疑是降了霜。舉頭一望，皎月當空。月，還是故鄉的明，這不禁勾起了無限鄉愁，低頭沉思。

唐｜李白｜《靜夜思》

嶺樹重遮千里目，江 **1** 流曲似九回腸。

1 江：柳江。

〔釋文〕 嶺上的樹木一層層地遮住了我遠望親人的視野，柳江彎彎曲曲地流着，好似我的愁腸千回百轉。

唐｜柳宗元｜《登柳州城樓寄漳汀封連四州》

試登絕頂望鄉國，江南江北青山多。

^{釋文} 試登上金山的最高處，遠望家鄉。可是長江兩岸的青山重重疊疊，遮擋了我的視線。

宋｜蘇軾｜《游金山寺》

春風又綠江南岸，明月何時照我還？

^{釋文} 春風又吹綠了江南兩岸，明月甚麼時候伴我回到鍾山腳下的家中？

宋｜王安石｜《泊船瓜洲》

故山在何處？昨日夢清溪。

^{釋文} 故鄉的山在甚麼地方呢？昨夜夢見了故園清清的溪流。

唐｜岑參｜《早發焉耆懷終南別業》

胡馬 ¹ 依北風，越鳥 ² 巢南枝。

1 胡馬：指北方所產的馬。

2 越鳥：指南方所生的鳥。

^{釋文} 北方所產的馬依戀北風，南方所生的鳥向南築巢。

漢｜無名氏｜《古詩十九首·行行重行行》

思家步月清宵立，憶弟看雲白日眠。

^{釋文} 思念家鄉，月下踱步，清宵獨立，通夜不寐。思念兄弟，凝視浮雲，白晝睡眠。

唐｜杜甫｜《恨別》

洛陽城裏見秋風，欲作家書意萬重。
復恐匆匆說不盡，行人臨發又開封。

> 〔釋文〕洛陽城裏又吹起了秋風，想寫一封家書，有千言萬語要說，但寫完後又怕匆匆忙忙沒有把意思說盡，送信人馬上要走了，又把信打開再補充一些話。

唐｜張籍｜《秋思》

逢人漸覺鄉音異，卻恨鶯聲似故山。

> 〔釋文〕離開家鄉，感到別處的語言與家鄉的語言差異越來越大，但鶯啼聲卻和故鄉山中相似，因而勾起鄉思。

唐｜司空圖｜《漫書五首》之一

海上生明月，天涯共此時。

> 〔釋文〕海上明月升起，想象遠在天涯的親人和自己一樣，都在望月而遙相思念。

唐｜張九齡｜《望月懷遠》

楚城滿目春華，可堪遊子思家。
惟有夜來歸夢，不知身在天涯。

> 〔釋文〕眼前滿目的春景，激發起遊子思家的哀愁，哪堪忍受啊！只有在與家人歡聚的夢中，才稍解異鄉漂泊的悲苦。

宋｜賀鑄｜《清平樂》

情感 心靈

羈鳥戀舊林，池魚思故淵。

[釋文] 被束縛在籠子裏的鳥兒，總是眷戀着昔日自由飛翔的叢林。被飼養在池塘裏的魚兒，總是思念以前寬廣的江湖。

晉｜陶淵明｜《歸園田居五首》之一

三、懷人

長記曾攜手處，千樹壓，西湖寒碧。

[釋文] 最難忘我們攜手的地方，千樹綻開的梅花，層層疊疊，如雲如錦，映在西湖清冽的碧波中。

宋｜姜夔（kuí）｜《暗香》

相思千萬里，一書 ◧ 值千金。

◧ 一書：一封信。

[釋文] 彼此天各一方，相隔千萬里，日夜思念，一封信便價值千金。

唐｜李白｜《寄遠十二首》之十

春風春雨花經眼，江北江南水拍天。

[釋文] 春風、春雨、春花一年一度從眼前經過，時光如流水般逝去。江水上漲，水浪拍天，親友們長期在外，欲歸不能。

宋｜黃庭堅｜《次元明韻寄子由》

情感 心靈

相思不可寄，直在寸心間。

〔釋文〕 思念不可寄於對方，一直在自己心裏。

梁｜何遜｜《夜夢故人》

昨夜西風凋碧樹，獨上高樓，望盡天涯路。

〔釋文〕 昨夜西風把樹葉都吹落了，天涼起來，我獨自登上高樓，望盡了天邊的路，卻不見離人歸來。

宋｜晏殊｜《蝶戀花》

思君如百草，撩亂逐春生。

〔釋文〕 思念你就像那春天的百草，參差不齊，讓人心神不寧。

唐｜李康成｜《自君之出矣》

獨上江樓思渺然，月光如水水如天。
同來望月人何在？風景依稀似去年。

〔釋文〕 一個人在江樓上思緒茫然，從江樓上望去，月光瀉在水上，水天連成一片。在這樣的情景下不由想起了去年同來江樓上望月的人，風景依舊，故人卻不在。

唐｜趙嘏｜《江樓感懷》

情感　心靈

桃李春風一杯酒，江湖夜雨十年燈。

【釋文】記得在那春風吹拂、桃李花開的日子裏，我們一起飲酒，是何等快樂。可是一別十年，江湖夜雨，獨對孤燈，又是多麼淒涼！

宋｜黃庭堅｜《寄黃幾復》

落絮無聲春墮淚，行雲有影月含羞。

【釋文】柳絮夾着幾點雨，無聲無息地飄落下來，像是春在暗暗落淚。月亮時時被浮動的雲影遮掩着，彷彿羞答答的不愛露面。

宋｜吳文英｜《浣溪沙》

愁無際，暮雲過了，秋光老盡，故人千里，竟日空凝睇。

【釋文】思念的煩愁無邊無涯，天暗下來，秋光已看不見了。故人還在千里之外，我卻整日在這裏痴望。

宋｜柳永｜《訴衷情近》

蕙蘭有恨枝尤綠，桃李無言花自紅。

【釋文】蕙草蘭花雖然有恨意，可草葉花枝還是會綠。桃花李樹雖然不會說話，可它們到開花時，花自然會紅。

宋｜馮延巳｜《舞春風》

情感　心靈

四、憂傷

一生幾許傷心事,不向空門 [1] 何處銷。

[1] 空門:泛指佛法。佛教認為一切事物的現象都有它各自的因和緣,而沒有實在的自體,名為「空」。《大智度論》五:「觀五蘊無我所有,是名為空。」

【釋文】 人的一生有很多傷心苦惱的事,不信奉佛家又到哪裏能得到安慰呢?

唐|王維|《歎白髮》

人生幾何時,懷憂終年歲。

【釋文】 人生才多長時間,竟然還抱着憂愁過完一輩子?

漢|蔡琰|《悲憤詩二首》之一

丈夫有淚不輕彈,只因未到傷心處。

【釋文】 大丈夫的眼淚不輕易流,那是因為沒有到最傷心的時候。

明|李開先|《寶劍記》第三十七出

今年花勝去年紅。可惜明年花更好,知與誰同?

【釋文】 今年的花比去年紅,明年的花或許更鮮豔,但人事無常,聚散不定,不知與誰在一起。

宋|歐陽修|《浪淘沙》

心之憂矣，視丹如綠。

〔釋文〕 心中的憂傷，以致視覺不靈，把紅色看作了綠色。

三國·魏｜郭遐叔｜《贈嵇康五首》之一

憂來令髮白，誰雲愁可任。

〔釋文〕 憂愁最容易白了頭髮，誰能經得起折磨呢？

唐｜張孟陽｜《七哀詩二首》之二

忍泣目易衰，忍憂形易傷。

〔釋文〕 忍住自己的眼淚，眼睛就會受到傷害。滿心憂愁，健康就會損害。

唐｜孟郊｜《贈別崔純亮》

五、怨恨

本是同根生，相煎何太急 [1] ？

[1] 相煎何太急：曹丕、曹植曾經競爭魏王太子位，曹丕得立，然而他一直忌恨曹植。《世說新語·文學》載：魏文帝曹丕曾叫東阿王曹植在七步之內成詩一首，不成則重加懲罰。曹植便應聲賦了這首著名的《七步詩》，文帝聽後深有慚色。

〔釋文〕 我們本來是同一條根上生長，你為甚麼如此忌恨我呢？

三國·魏｜曹植｜《七步詩》

舊恨春江流不斷，新恨雲山千疊。

【釋文】 新仇舊恨像流不盡的春江之水，像千疊萬重的雲山。

宋｜辛棄疾｜《念奴嬌·書東流村壁》

自是人生長恨、水長東！

【釋文】 水永遠向東流去，正如人生愁恨無窮。

五代·南唐｜李煜｜《烏夜啼》

多少綠荷相倚恨，一時回首背西風。

【釋文】 池塘裏密集的荷葉，經西風一吹，翻捲起來。它們好像在怨恨老天無情，因此互相依偎着，回過頭去背向着西風。

唐｜杜牧｜《齊安郡中偶題二首》之一

夢裏不知身是客 ■，一晌貪歡。

■ 客：宋滅南唐，李煜被俘到汴京（今開封），他從南唐國君淪為囚徒，所以說自己是客。

【釋文】 夢裏不知道自己已是囚徒，得到了片時的歡樂。

五代·南唐｜李煜｜《浪淘沙》

雪花似掌難遮眼，風力如刀不斷愁。

【釋文】 雪花像手掌一般，但卻不能遮住人的眼睛。寒風如刀，可以把人的心絞碎，但不能割斷人的愁苦。

清｜錢謙益｜《雪夜次劉敬仲韻》

情感 心靈

六、幽憤

大道如青天，我獨不得出。

釋文 大道像天空一樣寬敞，而我偏偏走投無路。

唐｜李白｜《行路難三首》之二

地也，你不分好歹何為地？天也，你錯勘 [1] 賢愚枉為天！

[1] 勘：核定。這裏是核對後作出判斷的意思。

釋文 地呀，你連好壞也分不清你如何能做地？天呀，你連賢明和愚蠢都判斷不出來你枉做天了！

元｜關漢卿｜《感天動地竇娥冤》雜劇

英雄恨，淚滿巾，何年三戶可亡秦！

釋文 壯志未酬，英雄遺恨。

明｜夏完淳｜〔南仙呂·傍妝台〕《自敘》套曲

胸中磈磊 [1] 正須酒，東海可攬北斗斟。

[1] 磈（wěi）磊：不平的樣子，指人心中的不平和憤懣。

釋文 胸中的憤懣不平正須用酒來澆，喝酒最好以天上的北斗作杯，以東海的波濤作酒，喝個痛快。

宋｜黃庭堅｜《次韻答張沙河》

七、惜別

人生何處不離羣，世路干戈惜暫分。

【釋文】人生沒有不與朋友分離的事情，但在社會動亂、干戈不息之時，由於擔心難以重見，所以即使是暫時的分別，也十分令人顧惜。

唐｜李商隱｜《杜工部蜀中離席》

丈夫不作兒女別，臨歧涕淚沾衣巾。

【釋文】有志之士在分手之時，不會像兒女那樣流淚。

唐｜高適｜《別韋參軍》

才始送春歸，又送君歸去。若到江南趕上春，千萬和春住。

【釋文】剛把春天送走了，又送你回去。你如果到江南趕上春光，一定要和它在一起。

宋｜王觀｜《卜算子‧送鮑浩然之浙東》

山中相送罷，日暮掩柴扉。
春草明年綠，王孫 **1** 歸不歸？

1 王孫：指遊子。淮南小山《招隱士》：「王孫兮歸來，山中兮不可以久留。」

【釋文】剛剛從山中送你出行，太陽落山關上門就感到了離別的寂寥。等到明年春來草綠的時候，不知道

你能不能回來？

唐｜王維｜《送別》

山迴路轉不見君，雪上空留馬行處。

〔釋文〕你的背影消失在蜿蜒曲折的山中，只留下雪地上馬蹄的印跡。

唐｜岑參｜《白雪歌送武判官歸京》

千林風雨鶯求友，萬里雲天雁斷行。

〔釋文〕那樹林中的鳥兒在風雨中還要朋友相助，而我卻像那萬里雲天失羣的孤雁，獨與兄長分別。

宋｜黃庭堅｜《宜陽別元明用觴字韻》

雲開汶水 **1** 孤帆遠，路繞梁山匹馬遲。

1 汶水：今名大汶水或大汶河。古汶水西流經山東東平縣南，至梁山東南入濟水。

〔釋文〕雲彩飄散，汶水寬廣，孤舟遠行，只見船帆；山路崎嶇，盤繞梁山，一匹馬緩慢行走。春日送客，相交多年的好友就要千里遠別，倍感淒楚。

唐｜高適｜《東平別前衞縣李朋少府》

無情汴水自東流，只載一船離恨，向西州。

〔釋文〕無情的汴水竟自東流逝，船載那懷着離恨的人向西州而去。

宋｜蘇軾｜《虞美人》

不管煙波與風雨，載將離恨過江南。

〔釋文〕 畫船裝載着那懷着無限離愁的人，在煙波渺渺的風雨飄搖中離去了。

宋｜鄭文寶｜《柳枝詞》

長條故惹行客，似牽衣待話，別情無極。

〔釋文〕 薔薇凋落了，長長枝條上的刺有意牽着行人的衣服，彷彿有多少臨別的知心話要說，惜別之情難以言盡。

宋｜周邦彥｜《六醜·薔薇謝後作》

為君持酒勸斜陽，且向花間留晚照。

〔釋文〕 為了能跟你多歡聚一會兒，我舉杯勸請夕陽，暫且向花叢中多照耀些時刻吧！

宋｜宋祁｜《玉樓春·春景》

平蕪盡處是春山，行人更在春山外。

〔釋文〕 草地的盡頭是春日的青山，行人已越過春山。身在青山之外，再也望不見了，空增一番惆悵。

宋｜歐陽修｜《踏莎行》

只有醉吟寬別恨，不須朝暮促歸程。兩條煙葉系人情。

〔釋文〕 只有用醉酒後的吟唱來寬慰離別的愁悶，不必朝朝暮暮催促我回來了。那煙雨蒙蒙中的柳條，已

把離人的感情緊緊地拴住了。

宋｜晏殊｜《浣溪沙》

執手相看淚眼，竟無語凝噎。

（釋文）拉着手互相看着對方淚汪汪的眼睛，竟然一句話也說不出來。

宋｜柳永｜《雨霖鈴》

年年送客橫塘[1]路，細雨垂楊系畫船。

[1] 橫塘：在江蘇省蘇州市西南。

（釋文）年年都到橫塘邊上送客，在那濛濛細雨之中，載客的畫船拴在枝條低垂的柳樹上。

宋｜范成大｜《橫塘》

年年柳色，灞（bà）陵[1]傷別。

[1] 灞陵：漢文帝陵，在長安東，附近有橋，迎來送往都在這裏，送別時往往在此折柳相贈。

（釋文）年年柳色青青，而年年不見情人歸來，想起灞陵之別，便不免傷心了。

唐｜李白｜《憶秦娥》

衣上酒痕詩裏字。點點行行，總是淒涼意。

（釋文）無論是衣服上的酒痕，還是詩裏的文字，都含着離別的淒涼之情。

宋｜晏幾道｜《蝶戀花》

我自只如常日醉，滿川風月替人愁。

【釋文】在離開時，我只像平時一樣喝醉了，並不感傷。倒是那滿江風月替我們的離別發愁。

宋｜黃庭堅｜《夜發分寧寄杜澗叟》

春風知別苦，不遣柳條青。

【釋文】春風知道離別的痛苦，而不讓柳條變青，免得人們送別時攀折而難過。

唐｜李白｜《勞勞亭》

浮雲遊子意，落日故人情。

【釋文】浮雲無定，好似遊子漂泊不定的行蹤。落日緩緩下山，好似自己留戀友人的心情。

唐｜李白｜《送友人》

請君試問東流水，別意與之誰短長。

【釋文】請你問問朝東流去的水，它和離別的情意比起來，到底是哪個更長？

唐｜李白｜《金陵酒肆留別》

勸君更盡一杯酒，西出陽關 ¹ 無故人。

本詩是作者在渭城送別友人所作。渭城：即咸陽故城，在長安西北渭水北岸。漢高祖時，更名新城，武帝時，改名渭城。

1 陽關：漢置關名，在今甘肅敦煌西南，自古與玉門關同為出塞必經之地，因在玉門關南，所以稱「陽關」。

情感 心靈

〔釋文〕 勸您再喝完一杯酒吧，向西出了陽關，就再也沒有老朋友了。

唐｜王維｜《送元二使安西》

八、悲情

大江流日夜，客心悲未央。

〔釋文〕 長江流逝日夜不停，客子悲愁至今未已。

南朝·齊｜謝朓｜《暫使下都夜發新林至京邑贈西府同僚》

萬里悲秋常作客，百年多病獨登台。

〔釋文〕 長年累月遠離家鄉，客居他鄉，秋令肅殺，益增愁苦。而年老多病，獨自登高，諦聽遠眺，更加淒愴。

唐｜杜甫｜《登高》

東風惡，歡情薄。一懷愁緒，幾年離索。錯，錯，錯！

〔釋文〕 無情的東風硬是吹散了美滿的姻緣，幾年離別，多少愁苦留在心間。不該，不該呀，悔不該！

宋｜陸游｜《釵頭鳳》

白頭吊古風霜裏，老木蒼波無限悲。

〔釋文〕 登樓憑弔古人，我自己已是兩鬢如霜。看着遠山的古樹，青蒼中隱含着無限的傷悲。

宋｜陳與義｜《登岳陽樓》

江闊惟回首，天高但撫膺。

〔釋文〕 遙隔大江，不能親臨哭弔，只能頻頻回顧，遙寄哀悼之情着天高難問，沉冤莫訴，只能撫胸痛哭。

唐｜李商隱｜《哭劉司戶》

行宮見月傷心色，夜雨聞鈴腸斷聲。

〔釋文〕 在行宮裏看見月亮呈現的是傷心的色調，風雨夜晚鈴鐺發出的是斷腸聲響。

唐｜白居易｜《長恨歌》

莊生 **1** 曉夢迷蝴蝶，望帝 **2** 春心托杜鵑。

1 莊生：即莊周，戰國宋人。《莊子·齊物論》裏說：莊周在夢裏變成一隻蝴蝶，醒後就產生了疑問，究竟是莊周夢為蝴蝶，還是蝴蝶夢為莊周？

2 望帝：蜀國君主杜宇的稱號。相傳他死後化為一種怨鳥，名叫杜鵑，哀鳴不止，口角流血。

〔釋文〕 豪情如同幾場幻夢，春心化作一片悲涼。

唐｜李商隱｜《錦瑟》

往者余弗及兮，來者吾不聞。

〔釋文〕 以往的聖哲我沒有趕上，將來的賢哲我又見不到。

戰國｜屈原｜《楚辭·遠遊》

情感 心靈

相顧無言，惟有淚千行。

〔釋文〕看着彼此一言不發，只有淚水不斷湧出。

宋｜蘇軾｜《江城子》

湛湛 [1] 江水兮上有楓，目極千里兮傷春心。魂兮歸來哀江南！

[1] 湛湛：深沉的樣子。

〔釋文〕深深的江水啊，有青楓的枝葉從岸上探過來覆蓋着上空。春日草短，湖澤平闊，一眼可以望盡千里，令人觸景傷心。你的靈魂啊，回到我們這可哀的江南吧！

戰國｜屈原｜《楚辭·招魂》

九、喜逢

少小離家老大回，鄉音難改鬢（bìn）毛衰（cuī）。兒童相見不相識，笑問客從何處來？

〔釋文〕青年時離開故鄉，回鄉時雖然鄉音沒改，但已是鬢毛疏落的老翁了。兒童們見到以為是外鄉人，笑着問客人你從哪裏來？

唐｜賀知章｜《回鄉偶書二首》之一

情感 心靈

正是江南好風景，落花時節又逢君。

【釋文】 這正是江南風光最好的時候，沒想到在落花的暮春又遇到了你。

唐｜杜甫｜《江南逢李龜年》

白日放歌須縱酒，青春作伴好還鄉。

【釋文】 趁着這好天氣，我放聲高歌，縱情暢飲，以春光為伴，心情暢快地回到故鄉去。

唐｜杜甫｜《聞官軍收河南河北》

眾裏尋他千百度。驀然回首，那人卻在，燈火闌珊 [1] 處。

[1] 闌珊：衰落，將盡。

【釋文】 在熙熙攘攘的人羣裏，我千百次地尋找他，竟不見蹤影。忽然回頭望去，發現他卻待在燈火稀落的地方。

宋｜辛棄疾｜《青玉案·元夕》

花徑不曾緣客掃，蓬門今始為君開。

【釋文】 長滿花草的庭院小路，還沒有因為迎客打掃過。一向緊閉的家門，今天才第一次為你打開。

唐｜杜甫｜《客至》

情感 心靈

春風得意馬蹄疾，一日看盡長安花。

【釋文】在和煦的春光下，得意揚揚騎馬疾馳，一天就把長安繁華勝景看完了。

唐｜孟郊｜《登科後》

相思長有事，及見卻無言。

【釋文】人分兩地，彼此思念，覺得見了面會有說不盡的話。而等到見面後反覺不知從何說起，無言對坐。

唐｜裴說｜《喜友人再面》

朝辭白帝 **1** 彩雲間，千里江陵 **2** 一日還。
兩岸猿聲啼不住，輕舟已過萬重山。

1 白帝：白帝城，在今重慶奉節縣東。白帝城在白帝山上，地勢較高，從下望去，彷彿在雲彩之中。

2 江陵：今湖北荊州。由白帝到江陵約一千二百里。

【釋文】早上告別了彩雲深處的白帝城，此去江陵有千里之遙，一天就趕到了。在兩岸不停的猿聲中，乘輕舟順水而下，已越過了萬重山。

唐｜李白｜《早發白帝城》

情感 心靈

十、不平

一行書不讀，身封萬戶侯。

〔釋文〕不學無術，卻能封萬戶侯。

唐｜聶夷中｜《公子行二首》之二

朱門酒肉臭，路有凍死骨。

〔釋文〕豪門大戶的酒肉都腐臭了，但路旁卻有凍死的飢民。

唐｜杜甫｜《自京赴奉先縣詠懷五百字》

自古聖賢盡貧賤，何況我輩孤且直！

〔釋文〕從來才德極高的人都是貧賤的，何況我們這種身世寒微而又耿直不詔的人呢！

南朝·宋｜鮑照｜《擬行路難十八首》之六

紈綺（wán kù）[1] 不餓死，儒冠 [2] 多誤身。

[1] 紈綺：指古代富家子弟華美的衣着，因以指代富家子弟。紈，是絲織的細絹；綺，與褲同。

[2] 儒冠：古代讀書人戴的帽子，指代讀書人，這裏自指，作者常以儒者自居。

〔釋文〕竊據高位的貴族子弟不死，真正有才華的知識分子多是潦倒終身。

唐｜杜甫｜《奉贈韋左丞丈二十二韻》

情感 心靈

雨雪霏霏雀勞利，長觜 [1] 飽滿短觜飢。

[1] 觜：同「嘴」。

（釋文）雀兒在大雪紛飛的不利環境中去覓食，嘴長的吃飽吃足了，嘴短的還在挨餓。比喻有手段的人可以富貴，而不會鑽營的人只能受窮。

北朝｜《雀勞利歌辭》

勢家多所宜，咳唾自成珠。
被褐懷金玉，蘭蕙化為芻。

（釋文）權勢之家幹甚麼都被人認為是適當的，連痰唾般的廢話也被當成珠寶。貧賤的人即使德才兼備也不會受到重視，就如同芬芳的蘭蕙被當作餵牲畜的賤草一樣。

漢｜趙壹｜《疾邪詩二首》之二

十一、失意

日邊清夢斷，鏡裏朱顏改。春去也，飛紅
萬點愁如海。

（釋文）身在天邊，煩愁令人連夢也做不成，從鏡子裏看見自己衰老了。春日即將離去，看見那飄飛的落花，心中湧起的愁苦就像浩大的海水。

宋｜秦觀｜《千秋歲》

此處不留人，自有留人處。

【釋文】這裏不歡迎我，我也自有去的地方。

南朝·陳｜陳叔寶｜《戲贈沈後》

多情卻被無情惱 1。

1 惱：撩撥。

【釋文】多情的人反而被無情的人撩撥。

宋｜蘇軾｜《蝶戀花》

時見幽人獨往來，縹緲孤鴻影。

【釋文】有個幽居的人獨自在月下徘徊的時候，一隻孤雁從夜空裏飛過，看到的只是牠不太真切的影子。

宋｜蘇軾｜《卜算子》

春心莫共花爭發，一寸相思一寸灰。

【釋文】春心不要跟春花那樣爭發不已吧！有多少火熱的相思，就有多少冰涼的灰燼啊！

唐｜李商隱｜《無題四首》之二

流水何太急，深宮盡日閒。
殷勤謝紅葉，好去到人間！

【釋文】流水為甚麼去得那麼急，關閉在深宮裏的宮女整天都是空閒無聊的，把自己的滿懷深情寄託在紅葉上，希望它從御溝流出宮牆，到宮外的人間去。

唐｜韓氏｜《題紅葉》

情感 心靈

望美人兮未來，臨風怳（chuǎng）■兮浩歌。

■ 怳：同「恍」，失意的樣子。

【釋文】盼望中的理想人物，竟沒有到來，只好迎着風大聲歌唱以抒發胸中失望的苦悶。

戰國｜屈原｜《楚辭·九歌·少司命》

一、愛情

一日不思量，也攢眉千度。

【釋文】 不思量時，一日尚且皺眉千遍。若思量起來，又該怎樣呢？

宋｜柳永｜《晝夜樂》

上窮碧落下黃泉，兩處茫茫皆不見。

【釋文】 唐明皇思念楊貴妃，叫方士上天入地找她，到處找遍也沒見到她的蹤影。

唐｜白居易｜《長恨歌》

夕陽芳草本無恨，才子佳人空自悲。

【釋文】 夕陽芳草這些自然景物它們是不關離人的愁恨的，才子佳人又何必觸景生情、自悲自歎呢！

宋｜晁補之｜《鷓鴣天》

無情不似多情苦，一寸還成千萬縷。

【釋文】 就像那一寸織物還原成了千絲萬縷的線一樣，心裏愁緒萬端，難以細述。

宋｜晏殊｜《玉樓春》

不知魂已斷，空有夢相隨。除卻天邊月，沒人知。

[釋文] 思念使靈魂都已離開軀體了，然而沒有辦法，只能徒然在夢裏追隨他了。這一切，除了天邊的月亮之外，便沒有人知道了。

五代・前蜀｜韋莊｜《女冠子》

日暮汀洲一望時，柔情不斷如春水。

[釋文] 傍晚時站在汀洲上遠望，胸中湧起的思念就像那不息的春水一般。

宋｜寇准｜《夜度娘》

從別後，憶相逢，幾回魂夢與君同。

[釋文] 自從分別之後，常常回憶相逢時的情景，多少回夢到同你歡聚在一起。

宋｜晏幾道｜《鷓鴣天》

今夜山深處，斷魂分付潮回去。

[釋文] 今夜獨寄遠山的時刻，心中痛苦萬分。我把相思的深情托付潮水帶回去。

宋｜毛滂｜《惜分飛》

勸我早歸家，綠窗人似花。

[釋文] 琵琶聲彷彿勸我早日歸家，家中如花的人在等着。

五代・前蜀｜韋莊｜《菩薩蠻》

玉階生白露，夜久侵羅襪。
卻下水晶簾，玲瓏望秋月。

【釋文】 夜已深了，悵望已經很久了。白玉砌成的台階上濃濃的露水，浸濕了羅襪。實在受不了深夜的寒氣，回到屋裏放下透明的簾子，依舊望着明亮的秋月。

唐｜李白｜《玉階怨》

平林漠漠煙如織，寒山一帶傷心碧。暝色
入高樓，有人樓上愁。

【釋文】 遠望中，平整的樹林煙霧瀰漫，重疊如織，連綿如帶的山色青碧淒涼。凝望之際，不覺暮色進入了閣樓，樓中的少婦為戍邊在外久盼不歸的丈夫，又開始了新的愁苦。

唐｜李白｜《菩薩蠻》

寫不成書，只寄得相思一點。

【釋文】 孤雁不能排成字，書信寫不成。寄去的相思之情，就像孤雁飛過的影子，只有一點。

宋｜張炎｜《解連環・孤雁》

記得綠羅裙 [1]，處處憐芳草。

[1] 羅裙：古時女子穿的下裝。

【釋文】 因思念穿綠裙的戀人，到處看到的綠色芳草也覺得可愛了。

五代・後唐｜牛希濟｜《生查子》

死生契闊 [1]，與子成說 [2]。
執子之手，與子偕老。

[1] 契闊：離合。契，合，相聚；闊，疏。

[2] 成說：約言，誓言。

【釋文】 生死聚散，都不相負，一輩子都相親相愛。

春秋｜《詩經·邶風·擊鼓》

此去經年，應是良辰美景虛設。
便縱有、千種風情，更與何人說。

【釋文】 自此離別後，經年累月，大好的時光和優美的風景也是虛設，沒人去領略了。我即使有種種柔情蜜意，又去向誰訴說呢？

宋｜柳永｜《雨霖鈴》

則為你如花美眷，似水流年，是答兒閑尋遍。在幽閨自憐。

【釋文】 只為你這如花樣美的愛人，已是如水的妙齡年華。我到處找你，想不到你也在幽閨自憐。

明｜湯顯祖｜《牡丹亭·驚夢》

朱欄倚遍黃昏後，廊上月華如畫。

【釋文】 黃昏後倚遍欄杆，直到月亮升起，照得廊廡如同白晝。

宋｜張耒（lěi）｜《秋蕊香》

傷情處，高樓望斷，燈火已黃昏。

[釋文] 令人傷心的是，眼巴巴地顧望高樓上的心上人，而高樓已消失在黃昏的燈火中了。

宋｜秦觀｜《滿庭芳》

自春來、慘綠愁紅，芳心是事可可。
日上花梢，鶯穿柳帶，猶壓香衾臥。

[釋文] 春天來，紅花綠葉在眼中也是淒慘憂愁的景象，幹甚麼事都沒心思。日頭升上花梢，黃鶯在柳條中飛翔，她還懶得起牀。

宋｜柳永｜《定風波》

尋好夢，夢難成。況誰知我此時情？
枕前淚共簾前雨，隔個窗兒滴到明。

[釋文] 尋找好夢，夢卻難成，更有誰知道我這時的心情呢？枕前有多少眼淚，和那簾外的雨一起，隔着窗子滴滴答答直到天明。

宋｜聶勝瓊｜《鷓鴣天·寄李之問》

過盡千帆皆不是，斜暉脈脈水悠悠。腸斷白洲。

[釋文] 看了無數隻船，都不是愛人所乘的。直到黃昏，太陽的餘輝脈脈地灑在江面上，江水慢慢地流着，思念的柔腸縈繞在那片白汀州上。

唐｜溫庭筠｜《夢江南》

哪堪更被明月，隔牆送過鞦韆影。

〔釋文〕 相思不得，已使人愁苦，哪還能忍受明月之夜隔牆送過盪鞦韆的身影。

宋｜張先｜《青門引》

紅豆生南國，春來發幾枝？
願君多採擷，此物最相思。

〔釋文〕 紅豆生長在南方，春天來的時候它會發芽生長。希望你可以多採一些，因為它是思念的象徵。

唐｜王維｜《相思》

關關 [1] 雎鳩（jiū） [2]，在河之洲。
窈窕淑女，君子好逑 [3]。

[1] 關關：鳥雌雄和鳴聲。

[2] 雎鳩：水鳥名，相傳雎鳩雌雄情意專一。

[3] 逑（qiú）：匹配。

〔釋文〕 關關鳴叫的水鳥，棲居在河中沙洲。善良美麗的姑娘，好男兒的好配偶。

春秋｜《詩經·周南·關雎》

花自飄零水自流。一種相思，兩處閒愁。
此情無計可消除，才下眉頭，卻上心頭。

〔釋文〕 花空自悄悄地飄落，水空自默默地流去，同是一樣的相思，卻在兩處暗自愁苦。離別的愁苦怎麼

也沒法排遣，剛剛舒展開眉頭，竟又牽掛在心頭。

宋｜李清照｜《一剪梅》

花紅易衰似郎意，水流無限似儂愁。

〔釋文〕 像花紅不長一樣，郎意雖甜但不久便衰。流水滔滔不絕，就像我的無限憂愁。

唐｜劉禹錫｜《竹枝詞九首》之二

兩朵隔牆花，早晚成連理。

〔釋文〕 比喻有情人終成眷屬。

宋｜趙彥端｜《生查子》

兩相思，兩不知。

〔釋文〕 兩人心心相印，又各不相告。

南朝·宋｜鮑照｜《代春日行》

兩情若是久長時，又豈在朝朝暮暮。

〔釋文〕 兩人的愛情若是堅貞不移，又哪裏在於朝夕相聚呢？

宋｜秦觀｜《鵲橋仙》

別離滋味濃於酒，着人瘦。此情不及牆東柳，春色年年如舊。

〔釋文〕 別離的愁苦比酒還厲害，折磨得人消瘦。這一別又不知何年才能相見，不如那東牆的柳樹，年年

春天還能發芽生綠，春情依舊。

宋｜張耒｜《秋蕊香》

我住長江頭，君住長江尾。日日思君不見君，共飲長江水。

〔釋文〕 江水連着彼此的思念，思念之情長似江水。

宋｜李之儀｜《卜算子》

我欲與君相知，長命無絕衰。

〔釋文〕 我要與你相愛，還要使這種相愛永遠不絕不衰。

漢｜無名氏｜《上邪》

何處合成愁？離人心上秋，縱芭蕉不雨也颼颼。

〔釋文〕 哪兒來的許多愁，是離人的心上添了一片秋意。縱使不下雨，芭蕉颼颼的聲響，也夠惹人煩惱了。

宋｜吳文英｜《唐多令·惜別》

何當共剪西窗燭，卻話巴山夜雨時。

〔釋文〕 甚麼時候才能相聚，在西窗之下剪亮燈燭，來追溯巴山雨夜裏我想念你的心情啊。

唐｜李商隱｜《夜雨寄北》

身無彩鳳雙飛翼，心有靈犀 **1** 一點通。

1 靈犀：犀角中心色白，上下相通的。古人看作靈異之物。生這種角的犀牛，古人稱為「靈犀」。

【釋文】沒有鳳凰那樣可以比翼雙飛的翅膀，無法飛越險阻與對方相會。但心情卻跟靈犀的犄角一樣可以通靈，能夠彼此理解。

唐｜李商隱｜《無題》

憮然坐相思，秋風下庭綠。

【釋文】懷着失意之情，坐而相思。秋風落葉，更加重了惆悵的心緒。

南朝‧齊｜王融｜《同沈右率諸公賦鼓吹曲‧巫山高》

汴水 **1** 流，泗水 **2** 流，流到瓜洲 **3** 古渡頭。吳山 **4** 點點愁。

1 汴水：隋開通濟渠，由滎陽至開封一段，是古汴水，唐宋遂將出河入淮的通濟渠東段全流統稱為汴水。

2 泗水：源出山東泗水縣東蒙山南麓，四源併發，故名。它流入淮河，和運河相通。

3 瓜洲：江蘇揚州南之瓜洲鎮，處運河與長江匯合處，隋唐時市面很繁榮。

4 吳山：泛指長江下游南方的山，古時屬於吳國。

【釋文】思潮就像汴水、泗水，朝着南方奔流，一直流到瓜洲渡口，那兒就是親人捨舟上岸的地方吧！思婦的閨愁就像點點吳山，起伏不已。

唐｜白居易｜《長相思》

彼此空有相憐意，未有相憐計。

【釋文】彼此都白白存着相愛的願望，但沒有把相愛的願望化為現實的辦法。

宋｜柳永｜《婆羅門令》

金風玉露一相逢，便勝卻人間無數。

【釋文】秋風乍動、冷露方垂的七夕，牛郎織女相會一次，便勝過人間無數次歡樂的相聚。

宋｜秦觀｜《鵲橋仙》

細看來，不是楊花。點點是，離人淚。

【釋文】仔細看來，那點點飛落的不是楊花，而是離人的眼淚。

宋｜蘇軾｜《水龍吟》

河漢清且淺，相去復幾許？
盈盈一水間，脈脈不得語。

【釋文】銀河水清澈而又不深，牛郎、織女兩顆星相隔也沒多遠吧？然而清淺的一水之隔，卻相視而不得一訴衷情。

漢｜無名氏｜《古詩十九首·迢迢牽牛星》

春風不相識，何事入羅帷？

【釋文】春風不曾相識，因何事吹入我的羅幕？

唐｜李白｜《春思》

城上樓高重倚望，願身能似月亭亭。千里伴君行。

〔釋文〕 夜裏登上城樓，再次遙望愛人去的方向，暗自說：我多麼願意能像那高高的月亮，千里陪伴着你行走啊。

宋｜張先｜《江南柳》

甚西風吹夢無蹤！人去難逢，須不是神挑鬼弄。在眉峰，心坎裏別是一般疼痛。

〔釋文〕 無情的西風把我的愛情美夢吹得無影無蹤！（柳夢梅）人去難逢，這決不是神挑撥鬼捉弄。我傷心，在眉峰在心坎裏，別有一種難言的隱痛。

唐｜湯顯祖｜《牡丹亭・鬧殤》

相思休問定何如。情知春去後，管得落花無？

〔釋文〕 別問相思之情到底怎麼樣了。明明知道，春快盡了，誰還管它花落不花落！寫相思的苦悶，表現了一種無可奈何的心境。

宋｜晁衝之｜《臨江仙》

相思似覺海非深。

〔釋文〕 海水雖然很深，但彼此的相思之情卻比海深。

唐｜白居易｜《浪淘沙詞六首》之一

相思一夜情多少，地角天涯未是長。

【釋文】極言相思之情意深長。

唐｜張仲素｜《燕子樓》

相見時難別亦難，東風無力百花殘。

【釋文】見面本來已很困難，所以分別時更令人難受。我們分別時正是暮春，東風無力地吹着，百花已凋謝，這時我倍感憂傷。

唐｜李商隱｜《無題》

思君如滿月，夜夜減清輝。

【釋文】思念你就像滿月，月亮一夜夜漸減清光，我一日日逐漸消瘦。

唐｜張九齡｜《賦得自君之出矣》

脈脈人千里。念兩處風情，萬重煙水。

【釋文】多情苦思的人，各在千里之外，可歎兩地的深情，卻被萬重江河所阻隔。

宋｜柳永｜《卜算子慢》

哀音似訴。正思婦無眠，起尋機杼 (zhù) [1]。

[1] 機杼：古代指織布機。

【釋文】蟋蟀叫聲淒咽，彷彿獨自訴說許多傷心的話。這正撩動了思婦的離情，她久久不能入眠，起身尋

找着織布的機杼。

宋｜姜夔｜《齊天樂》

閨中少婦不知愁，春日凝妝上翠樓。
忽見陌頭楊柳色，悔教夫婿覓封侯。

【釋文】深閨裏久待的少婦不知道愁的滋味，春天着意打扮好，上到翠樓眺望。忽然看見路旁的青青楊柳觸動了對丈夫的思念，真後悔讓他離家去博取功名。

唐｜王昌齡｜《閨怨》

莫道不消魂，簾捲西風，人比黃花瘦。

【釋文】別說愁苦不傷神！思念遠離的丈夫，人都憔悴了，比那黃色的菊花還顯得瘦弱了許多呢！

宋｜李清照｜《醉花陰》

鐵衣遠戍辛勤久，玉箸 **1** 應啼別離後。

1 玉箸：玉做的筷子，這兒比喻思婦的眼淚。筷子一雙，豎起來是兩行，少婦眼淚也是兩行。玉做的筷子晶瑩透明，少婦的眼淚也是如此。所以用玉箸來比喻少婦的眼淚。

【釋文】兵士們身披盔甲，遠離家鄉，吃盡苦頭，時間已很長了。家中的妻子恐怕在與我分開之後，就一直在流淚哭泣。

唐｜高適｜《燕歌行》

諒非金石性，安得宛如昨。生為並蒂花，亦有先後落。

〔釋文〕 比喻人應該忠於愛情，不要因為色衰而變心。

唐｜陸龜蒙｜《美人》

海闊山遙，未知何處是瀟湘？

〔釋文〕 彼此相離那麼遙遠，不知所思念的人到底在甚麼地方。

宋｜柳永｜《玉蝴蝶》

誰為含愁獨不見，更教明月照流黃 [1]。

■ 流黃：原指織物的色彩，這裏指帷帳。

〔釋文〕 不見征人，獨倚空閨，含愁不寐，明月照進帷帳，更使深閨思婦增添懷念之苦。

唐｜沈佺期｜《古意呈補闕喬知之》

離愁千載上，相遠長相望。終不似人間，回頭萬里山。

〔釋文〕 牛郎織女多年離別，他們雖然相離很遠卻能常常隔河（天河）相望。不像人世間，重重的青山遮眼，連望也望不見。

宋｜陳師道｜《菩薩蠻》

愛戀 家庭

夢裏分明見關塞，不知何路向金微 [1]。

[1] 金微：古山名，即今阿爾泰山，當時征戍之地。

〔釋文〕思婦苦思成夢，在夢中分明見到了分隔胡漢的關塞，但不知從哪條路到金微山去見自己的丈夫。

唐｜張仲素｜《秋閨思二首》之一

夢斷香消四十年，沈園柳老不吹綿。

〔釋文〕日夜思念，被迫離別的愛妻已死去四十多年。沈園當年的柳樹已老，不再飄柳絮。

宋｜陸游｜《沈園》

慾寄彩箋兼尺素 [1]，山長水闊知何處？

[1] 彩箋、尺素：都指書信。

〔釋文〕想寄信給你述說心中的思念、愁苦，可是你一去竟杳無音信。天地這麼廣闊，誰知道你在甚麼地方呢？

宋｜晏殊｜《蝶戀花》

斷腸人在欄杆角。山遠水遠人遠，音信難託，這滋味黃昏又惡 [1]。

[1] 惡：更厲害。

〔釋文〕肝腸欲斷的人站在欄杆拐角，見到山遠水遠人更遠，音訊也難捎。這愁苦的滋味，到黃昏更加難忍。

宋｜柳永｜《鳳凰閣》

密約沉沉，離情杳杳。菱花塵滿慵將照。依樓無語欲消魂，長空黯淡連芳草。

〔釋文〕臨別時秘密約好歸期，深深情意蘊藏心底。鏡子佈滿灰塵，再也無心梳妝，倚樓望遠，思念之情令人心碎。只見天地相連，卻不見所愛的那個人影。

宋｜寇准｜《踏莎行》

綠楊堤下路，早晚溪邊去。三見柳綿飛，離人猶未歸。

〔釋文〕每天早晚，順着楊柳堤岸的那條路，走到溪邊去眺望。年年此時看見柳絮飄飛，如今又是暮春，已經三年了，離人卻還沒有歸來。

宋｜魏夫人｜《菩薩蠻》

琵琶弦上說相思。當時明月在，曾照彩雲歸。

〔釋文〕通過彈奏琵琶來訴說相思之情，當時曾經照着小蘋歸去的明月，如今還在眼前。

宋｜晏幾道｜《臨江仙》

落花如有意，來去逐船流。

〔釋文〕落花好像是很有情有義之物，來來去去都追逐着小船漂流。

唐｜儲光羲｜《江南曲》

最是西風吹不斷，心頭往事歌中怨。

【釋文】過去相聚的歡樂，別後的相思哀怨，是西風怎麼也吹不散的。

宋｜舒亶｜《蝶戀花》

最恨細風搖幕，誤人幾回迎門。

【釋文】最恨那細風吹動簾幕，害我幾次都以為是他回來了，趕緊去門口迎接。

宋｜晁端禮｜《清平樂》

欄杆十二獨憑春，晴碧遠連雲。
千里萬里，二月三月，行色苦愁人。

【釋文】憑欄遠望，只見碧綠的春草長滿原野，一直伸延到天邊。在這芳草萋萋的春天，愛人卻在那千里萬里之外，離情別緒令人非常愁苦。

宋｜歐陽修｜《少年遊》

樓上欄杆橫斗柄，露寒人遠雞相應。

【釋文】北斗星座的斗柄橫斜在樓上，晨寒露冷，人已遠去，只有陣陣的雞叫聲遙相呼應着。

宋｜周邦彥｜《蝶戀花·秋思》

樓頭殘夢五更鐘，花底離情三月雨。

【釋文】五更鐘聲驚醒了樓頭人的殘夢，三月的風雨牽動了花下人的離愁。

宋｜晏殊｜《玉樓春》

想聞散喚聲，虛應空中諾。

【釋文】彷彿聽到了情人斷斷續續的呼喚聲，便空自答應起來。

晉｜｜《子夜歌四十二首》之三十三

雷隱隱，感妾心，傾耳清聽非車音。

【釋文】把隆隆的雷聲當作丈夫歸來的車聲了，側耳細聽，才知道是誤會。

晉｜傅玄｜《雜言》

遙憐小兒女，未解憶長安。

【釋文】在遙遠的地方心疼我那小兒女，他們不懂母親看月時想念他們的父親。

唐｜杜甫｜《月夜》

願作鴛鴦被，長覆有情人。

【釋文】願天下有情人終成眷屬。

唐｜李德裕｜《鴛鴦篇》

鬢邊雖有絲，不堪織寒衣。

【釋文】鬢邊白髮如絲，但此絲不能織成寒衣。

唐｜賈島｜《客喜》

二、 婚姻

二年三度負東君。歸來也，着意過今春。

【釋文】 遠行的丈夫已兩年多未歸，又一個春天來到了，深切希望丈夫能夠歸來，好好地過一個春天。

宋｜李清照｜《小重山》

人事多錯迕（wǔ），與君永相望。

【釋文】 人世間常有不順心的事，但無論如何，我也要與你永遠心連心。

唐｜杜甫｜《新婚別》

無端嫁得金龜婿 ■，辜負香衾事早朝。

■ 金龜婿：佩有金龜袋的夫婿，指身份高貴的夫婿。

【釋文】 無來由地嫁給了佩金龜袋的夫婿，天不亮就去上早朝，害得妻子一人獨守空房，好不冷清。

唐｜李商隱｜《為有》

以色事他人，能得幾時好？

【釋文】 一個女子想憑藉自己的美貌來拴住一個男人，那能長久嗎？

唐｜李白｜《妾薄命》

出門妻子強牽衣，問我西行幾日歸。

【釋文】 出門時妻子拉着我的衣服說，你這次西游幾時才能回來？

唐｜李白｜《別內赴徵三首》之二

生為同室親，死為同穴塵。

【釋文】 活着的時候要廝守在一起相親相愛，死了也要埋葬在一起，一同化為塵土。

唐｜白居易｜《贈內》

當年只自守空帷，夢裏關山覺別離。

【釋文】 當年別離時就向妻子表達心願，甘願獨守空帷。幾年來常常在夢中歷盡萬水千山，與妻子相見，無奈醒來還是天各一方。

唐｜王維｜《秋思贈遠》

君當作磐石，妾當作蒲葦。
蒲葦紉如絲，磐石無轉移。

【釋文】 希望你堅如磐石，我要像蒲葦一樣。蒲葦柔韌如絲，磐石堅固不動搖。

漢｜無名氏｜《古詩為焦仲卿妻作》

應是仙郎懷別恨，憶人全在不言中。

【釋文】 大概你是別愁滿懷吧，寄來一張白紙是為了向我寄託無盡的相思深情吧。

宋｜郭暉妻｜《答外》

同居長干里，兩小無嫌猜。

【釋文】我們在南京一起長大，從小就心心相印，沒有猜忌。

唐｜李白｜《長乾行二首》之一

昔別君未婚，兒女忽成行。

【釋文】當年握別時你還沒有成親，今日見到你兒女已經成行。

唐｜杜甫｜《贈衛八處士》

忽聞河東獅子吼，拄杖落手心茫然。

【釋文】聽到妻子大聲一吼，拄杖落手，茫然不知所措。

宋｜蘇軾｜《寄吳德仁兼簡陳季常》

三、歡娛

花非花，霧非霧。夜半來，天明去。
來如春夢幾多時？去似朝雲無覓處。

【釋文】說像花吧，不是花，說像霧吧，不是霧；半夜來，天明就走了。情人來歡會，好像是一場美妙的春夢，時間何其短呀？離開後就像飄浮無定的雲一樣，無處去尋找。

唐｜白居易｜《花非花》

待月西廂下，迎風戶半開。

拂牆花影動，疑是玉人來。

【釋文】在西廂房下，等待中天月圓，這時輕風吹開了門戶，花影也在牆頭晃動，疑心就是我那心上人來了。

唐｜元稹｜《明月三五夜》

桃之夭夭，灼灼其華。

之子于歸，宜其室家。

【釋文】春日桃花怒放鮮豔無比。這位姑娘就要出嫁了，夫妻和睦是一家。

春秋｜《詩經‧周南‧桃夭》

四、悼亡

一生一代一雙人，爭教兩處銷魂。相思相望，天為誰春？

【釋文】一輩子生這一回，兩個人生活在一起，卻又分開兩地。情思消磨，經常想念經常盼望，卻不能在一起。看着這一年一年的春色，真不知都是為誰而來。

清｜納蘭性德｜《畫堂春》

人到愁來無處會，不關情處總傷心。

[釋文] 一個人只要愁心一起，簡直無法排解。像雨聲、鈴聲這些與人情無關的事物，也會令人傷心。

宋｜黃庭堅｜《和陳君儀讀太真外傳》

無物結同心，煙花不堪剪。

[釋文] 死後一切消失了，沒有甚麼東西可以縮結同心的。即使是墓上的幽花，也脆薄如煙，不堪剪來相贈。

唐｜李賀｜《蘇小小墓》

傷心橋下春波綠，曾是驚鴻照影來。

[釋文] 使人傷心的是橋下微波蕩漾的春水，曾經映照過她那美麗的倩影。如今物是人非，令人感傷不已。

宋｜陸游｜《沈園二首》之一

昔日戲言身後意，今朝都到眼前來。

[釋文] 當你在世的時候，我曾和你開玩笑講到你死後，想不到現在竟成為事實。

唐｜元稹｜《遣悲懷三首》之二

空牀臥聽南窗雨，誰復挑燈夜補衣。

[釋文] 夜裏守着她曾經睡過的牀，獨自聽窗外的雨聲，還有誰再挑燈為我補衣服呢？

宋｜賀鑄｜《鷓鴣天》

海外徒聞更九州 [1]，他生未卜此生休。

[1] 更九州：另九州。《史記‧孟子荀卿列傳》載，鄒衍說中國名叫赤縣神州，佔天下八十一分之一的地盤，中國之外還有九個州與赤縣神州相彷彿。

【釋文】海外的靈境不過是徒然耳聞，來生能否做夫妻則未可預測。而今生則到此為止，永無會期了。

唐｜李商隱｜《馬嵬二首》之二

虛房冷而寂寞，落葉依於重扃 [1]。

[1] 重扃（jiōng）：加雙重門閂，這裏指緊閉的門戶。

【釋文】空蕩蕩的房屋冷落、沉靜，只有枯萎的樹葉挨着緊閉的房門簌簌飄落。

漢｜劉徹｜《落葉哀蟬曲》

五、忠貞

人生有新故，貴賤不相逾。

【釋文】自己不喜新厭舊，愛情早屬故人。貴賤的身份不能改變，自己不願意棄賤圖貴，嫁給貴人。

漢｜辛延年｜《羽林郎》

在天願作比翼鳥 **1**，在地願為連理枝 **2**。
天長地久有時盡，此恨綿綿無絕期。

1 比翼鳥：古代傳說中的鳥名，據說雌雄兩鳥各有一目一翼，並在一起才能飛行。

2 連理枝：兩棵樹的乾枝生在一起，好像一棵樹一樣，叫作連理。

〔釋文〕我們死後在天上，願作比翼鳥飛來飛去。我們還活着的時候在地，願如荷花的根在水裏相連着，牢不可分的連理枝一樣纏着。

唐｜白居易｜《長恨歌》

言笑晏晏，信誓旦旦。

〔釋文〕山盟海誓，和諧相處。

春秋｜《詩經·衞風·氓》

春蠶到死絲方盡，蠟炬成灰淚始乾。

〔釋文〕春蠶直到死的時候才停止吐絲，蠟燭燃盡時才停止流燭淚。

唐｜李商隱｜《無題》

封侯早歸來，莫作弦上箭。

〔釋文〕希望你取得功名後早早歸來，不要一去不復返，遺棄了我。

唐｜李賀｜《休洗紅》

容華一朝盡，惟余心不變。

[釋文] 容貌雖然老了，但一顆忠心不變。

南朝·宋｜鮑令暉｜《古意贈今人》

海枯石爛兩鴛鴦，只合雙飛便雙死。

[釋文] 海可枯，石可爛，但一對鴛鴦的心是不會改變的。它們生則雙飛，死則同死。

金｜元好問｜《西樓曲》

得成比目 [1] 何辭死，願作鴛鴦不羨仙。

[1] 比目：即比目魚。身體扁平，成長中兩眼逐漸長在頭部一側。相傳在水中游時，成雙成對，四目相比。

[釋文] 只要能追求到那女子就不畏懼死，能過上人間幸福的夫婦生活就不羨慕神仙了。

唐｜盧照鄰｜《長安古意》

曾經滄海難為水，除卻巫山不是雲。

[釋文] 對於看過大海的人來說，別的水便難以吸引他了。除了巫山的朝雲暮雨，其他地方的雲雨，簡直不成其為雲雨了。

唐｜元稹｜《離思五首》之四

願得一心人，白頭不相離。

[釋文] 但願嫁個永不變心的人，白頭到老，永不分離。

漢｜卓文君｜《白頭吟》

六、離愁

千嬌面、盈盈佇立，無言有淚，斷腸爭忍回顧。

[釋文] 只見她輕盈地一動不動地站在門前，滿面淚水卻一言不發，這令人斷腸的情景我怎忍回頭再看。

宋｜柳永｜《採蓮令》

芳草有情，夕陽無語，雁橫南浦，人倚西樓。

[釋文] 萋萋芳草似乎都有情有意，夕陽西下默默無語。大雁將南歸，而我與心上人分離後卻不能歸去，獨自在這裏倚樓眺望。

宋｜張耒｜《風流子》

怎不思量，除夢裏有時曾去。無據。和夢也，有時不做。

[釋文] 怎不讓人想念呢，除非夢魂回到故鄉。無奈，竟連夢也常常做不成。

宋｜趙佶｜《燕山亭・北行見杏花作》

倚危亭。恨如芳草，萋萋盡還生。

[釋文] 倚在高亭上，心中的離恨就像那鏟不盡的芳草，不斷萌生。

宋｜秦觀｜《八六子》

離恨恰如春草，更行更遠還生。

〔釋文〕別愁離恨就像春草到處叢生，伴着行人遠去，永不斷絕。

五代·南唐｜李煜｜《清平樂》

梧桐樹，三更雨。不道離情正苦。
一葉葉，一聲聲。空階滴到明。

〔釋文〕深夜雨點敲打梧桐葉發出清脆的聲響，不管人別離後心情的痛苦。一滴滴，一聲聲，在階前滴到天明。

唐｜溫庭筠｜《更漏子》

落日川渚寒，愁雲繞天起。

〔釋文〕在落日的余暉裏，河流和小洲都已顯出寒意。天上的雲靄也帶着愁容漸漸從四周升起來了。

南朝·宋｜鮑照｜《贈傅都曹別》

深院靜，小庭空。斷續寒砧 [1] 斷續風。
無奈夜長人不寐，數聲和月到簾櫳。

[1] 砧：捶東西時墊在下面的器具，此處指搗衣的石頭。

〔釋文〕靜靜的深院裏，空庭無人，秋風送來了斷續的寒砧聲。夜深了，月光和砧聲穿進簾櫳，更使人聯想到征人在外，勾起了綿綿的離恨和相思。因而長夜不寐，愁思百結。

五代·南唐｜李煜｜《搗練子令》

剪不斷，理還亂，是離愁。別是一般滋味在心頭。

〔釋文〕剪也剪不斷，整理還是亂，簡直不可收拾。這就是離愁，它在心頭，使人感到的是一種特別的滋味。

五代·南唐｜李煜｜《烏夜啼》

騅 **1** 不逝兮可奈何，虞 **2** 兮虞兮奈若何！

1 騅（zhuī）：項羽的駿馬名。

2 虞：美女名；虞一直跟隨項羽輾轉各地。

〔釋文〕烏騅馬不快跑啊，可怎麼辦！虞呀，虞呀，叫我怎樣安排你是好！

秦｜項羽｜《垓下歌》

尊前 **1** 擬把歸期說。未語春容先慘咽。人生自是有情痴，此恨不關風與月。

1 尊前：酒杯之前，此指送別的酒席前。

〔釋文〕在送行的酒席上，打算說說回來的日期，話還沒出口她就先悲傷得抽泣起來。人生的痴情是自來就有的，這離恨並不關乎風月等自然景物。

宋｜歐陽修｜《玉樓春》

碧雲天，黃花地，西風緊，北雁南飛。曉來誰染霜林醉，總是離人淚。

【釋文】藍天的白雲、委積的黃花、南飛的大雁、如丹的楓葉，它們在淒涼的西風中融成一體。是誰把楓林點染得酡紅如醉呢？那大概是遭受離情別苦的人的眼淚吧！

元｜王實甫｜《西廂記》第四本第三折

蠟燭有心還惜別，替人垂淚到天明。

【釋文】蠟燭徹夜不滅，流着蠟油，仿佛是懂得惜別之情，替離人垂淚到天明。

唐｜杜牧｜《贈別二首》之二

贈君明月滿前溪，直到西湖畔。

【釋文】我把一路上皎潔的月光送給你，從前溪直到西湖邊。

宋｜毛滂｜《燭影搖紅·送會宗》

一、友誼

人生結交在終始，莫以升沉中路分。

〔釋文〕結交朋友應當始終如一，不要因為彼此的際遇不同而半路分手。

唐｜賀蘭進明｜《行路難五首》之五

萬世倏忽 [1] 如疾風，莫以乘車輕戴笠 [2]。

[1] 倏忽：極快。

[2] 戴笠：戴草帽，比喻貧賤的人。

〔釋文〕一萬代都會像疾風一樣一飄而過，友誼最珍貴，希望你富貴後不要忘了貧賤時的朋友。

宋｜孔平仲｜《送張天覺》

文情不厭新，交情不厭陳。

〔釋文〕寫文作詩，立意越新越好。而朋友情誼，則是越久越好。

明｜湯顯祖｜《得吉水劉年侄同升書喟然二首》之一

田夫荷鋤至，相見語依依。

〔釋文〕農夫肩扛着鋤頭來了，見了面有說不完的親熱話。

唐｜王維｜《渭川田家》

四海皆兄弟，誰為行路人。

〔釋文〕 天下人都是弟兄，沒有互不相關的陌生人。處處可以為家，人人可以和睦相處。

漢｜蘇武｜《詩四首》之一

悲莫悲兮生別離，樂莫樂兮新相知。

〔釋文〕 最使人感到高興的事，是又認識了新的知己。最使人悲痛的事，是朋友的離別。

戰國｜屈原｜《楚辭·九歌·少司命》

有情不管別離久，情在相逢終有。

〔釋文〕 只要友誼常在，就不怕長久別離。友誼牢不可破，終有相會的日子。

宋｜晏幾道｜《秋蕊香》

至白涅 **1** 不緇 **2**，至交淡不疑。

1 涅：染。

2 緇：黑。

〔釋文〕 最白的東西染不黑，最親密的友誼像水一樣淡，但彼此永遠信任。

唐｜孟郊｜《勸友》

尋常一樣窗前月，才有梅花便不同。

〔釋文〕 今夜的月光也和往常一樣，所不同的是窗外的梅花開了，給寒冷的月色增添了生機。

宋｜杜耒｜《寒夜》

豈曰無衣？與子同袍。

【釋文】 怎麼說沒有衣服呢？我的斗篷就可以跟你共用啊！

春秋 | 《詩經·秦風·無衣》

江南無所有，聊贈一枝春。

【釋文】 江南也沒有甚麼，折一枝梅花送你報個春天的信息吧！

南朝·宋 | 陸凱 | 《贈范曄詩》

君乘車，我戴笠，他日相逢下車揖；
君擔簦 ¹，我跨馬，他日相逢為君下。

¹ 簦（dēng）：古代有柄的笠，似雨傘，比喻平民。

【釋文】 朋友啊，將來您富貴乘車我貧困戴笠，相遇時想必您會為我下車，拱手行禮如昔。朋友啊，倘若您肩擔簦笠我跨馬得意，相遇時我必定會為您下馬，真誠相待如昔。

漢 | 《古歌謠·越謠歌》

何時石門 ¹ 路，重有金樽開？

¹ 石門：山名，在今山東曲阜東北，山有石夾峙如門，故名。

【釋文】 甚麼時候我們能再到石門山，兄弟歡聚，開懷暢飲。

唐 | 李白 | 《魯郡東石門送杜甫》

但使主人能醉客，不知何處是他鄉。

釋文 只要主人能用酒殷勤待客，客人就會很快樂，而忘記了自己身在異鄉。

唐｜李白｜《客中行》

呦呦鹿鳴，食野之蘋。
我有嘉賓，鼓瑟吹笙。

釋文 羣鹿在呦呦和鳴，吃野地裏的蒿。受歡迎的賓客都在座，我用雅樂娛樂他們。

春秋｜《詩經·小雅·鹿鳴》

貧遊不可忘，久交念敦敬。

釋文 在困難時結交的朋友不可忘記，這樣的交情時間越長，越令人敬佩。

南朝·宋｜鮑照｜《與伍侍郎別》

相逢不用忙歸去，明日黃花蝶也愁。

釋文 朋友們在重陽節相遇了，就不要忙着回家。大家一道去登高、飲酒、賞菊，過了重陽這個日子，菊花就開得不那麼茂盛了，就是蝴蝶也愁沒有去處，何況人呢！

宋｜蘇軾｜《九日次韻王鞏》

臨別贈言朋友事，有殷勤六字君聽取：節飲食，慎言語。

〔釋文〕 臨別了，老朋友有話要對你說，請記住我的忠告，還是注意養生，說話謹慎些吧！

宋｜蔣捷｜《賀新郎·鄉士以狂得罪，賦此餞行》

結交有味貧何害？薄酒雖村 [1] 飲亦豪。

[1] 村：粗劣。

〔釋文〕 所交的朋友只要相得，即使貧窮，又有甚麼不好呢？和真誠的朋友在一起暢飲薄酒也覺得有意思。

宋｜劉過｜《同許從道登環翠閣》

桃花潭 [1] 水深千尺，不及汪倫 [2] 送我情。

[1] 桃花潭：在今安徽涇縣西南。

[2] 汪倫：涇縣賈村人，李白游桃花潭，汪倫釀美酒招待，臨別又送行。李白很感激他的盛情，寫了這首詩送他。

〔釋文〕 桃花潭的水深有千尺，也沒有汪倫送我的情誼深。

唐｜李白｜《贈汪倫》

海內存知己，天涯若比鄰。

〔釋文〕 知心朋友，情誼深厚，即便遠在天邊，也好像近在眼前。

唐｜王勃｜《送杜少府之任蜀川》

病知新事少，老別故交難。

^{釋文} 人一生病，所知道的事就少了，到老年的時候就愈難與老友分離。

唐｜崔塗｜《別故人》

夢中不識路，何以慰相思？

^{釋文} 在夢裏不認識尋找你的路，用甚麼辦法才能夠安慰我對你的思念之情呢？

南朝·梁｜沈約｜《別范安成》

黃金銷鑠素絲變，一貴一賤交情見。

^{釋文} 從貴賤變化中，可以看到真正的交情。

唐｜駱賓王｜《帝京篇》

落地為兄弟，何必骨肉親？

^{釋文} 人生下來本來就是兄弟，又何必是同胞骨肉才算最親的呢？

晉｜陶淵明｜《人生無根蒂》

唯有相思似春色，江南江北送君歸。

^{釋文} 思念之情，猶如遍佈人間的春色那樣廣大。我不能送你，但我的情誼無處不在，它在大江南北無限廣闊的原野上送你。

唐｜王維｜《送沈子福歸江東》

鵝毛贈千里，所重以其人。
鴨腳 [1] 雖百個，得之誠可珍。

[1] 鴨腳：銀杏果，白果。銀杏葉像鴨掌，故名。

〔釋文〕千里之外送來一片鵝毛，所看重的是贈送禮物的主人啊。你現在寄來的雖然只是一百個銀杏，能得到它也確實非常珍貴。

宋｜歐陽修｜《梅聖俞寄銀杏》

醉眠秋共被，攜手日同行。

〔釋文〕喝醉了在同一牀被子裏睡覺，一同牽着手走路。

唐｜杜甫｜《與李十二白同尋范十隱居》

二、交往

人生交契無老少，論交何必先同調。

〔釋文〕人與人交朋友不必從年齡上去區分，也不一定一開始就志趣相投。

唐｜杜甫｜《徒步歸行》

乃知擇交難，須有知人明。

〔釋文〕如果知道選擇朋友很難，就必須有知人之明。

唐｜白居易｜《寓意詩五首》之三

丈夫結交須結貧，貧者結交交始親。

^{釋文} 志士總喜歡和窮人交朋友，因為一旦和他們成了朋友，就能始終如一地保持友誼。

唐｜高適｜《贈任華》

山上青松陌上塵，雲泥豈合得相親。

^{釋文} 人與人之間由於地位上下不同，就像天壤一樣難以親近。

唐｜戎昱｜《上湖南崔中丞》

無緣對面不相逢，有緣千里能相會。

^{釋文} 沒有緣分站在對面也不認識，有緣分從千里之外也能趕來相會。

元｜無名氏｜《玉清庵錯送鴛鴦被》雜劇

外合不由中，雖固終必離。

^{釋文} 不出於誠心、僅出於身外利害一致而結成的交情，看似牢固，終究必定離析。

晉｜傅玄｜《何當行》

出門擇交友，防慎畏薰 **1** 蕕 **2** 。

> **1** 薰：香草名，即蕙草。

> **2** 蕕：一種臭草，無確指，後指惡人，與「薰」相對。

^{釋文} 出門應當慎於選擇朋友，你不見薰草和蕕草混在一起的時候，十年還會有臭味呢！

宋｜范質｜《誡兒侄八百字》

共君一夜話，勝讀十年書。

【釋文】 與有真知灼見的人談一次話，比讀十年書所得還多。

宋｜朱熹｜《朱子語類》

同是天涯淪落人，相逢何必曾相識。

【釋文】 每個人都有由繁華得意而轉入淒涼境況的經歷，偶然相遇就是緣分，何必一定要過去相識呢？

唐｜白居易｜《琵琶行》

行矣慎所遊，惡草能敗蘭。

【釋文】 交朋友要謹慎，因為惡草能弄壞蘭花。

宋｜歐陽修｜《送孔秀才遊河北》

多為勢利朋，少有歲寒操。

【釋文】 所交的朋友都是勢利之徒，很少有人像青松那樣具有高尚的節操。

唐｜李咸用｜《古意論交》

君子交有義，不必常相從。

【釋文】 君子在交往中結下了深厚的友誼，不一定要朝夕追隨、總在一起。

三國·魏｜郭遐叔｜《贈嵇康五首》之五

知交盡四海，豈必無英彥。

釋文 廣交四海的朋友，怎能不會交到英才呢？

明末清初｜顧炎武｜《太原寄王高士錫闡》

昏鏡無好面，惡土無善禾。

釋文 不明亮的鏡子就照不出美麗的面容，不良的土壤就長不出茁壯的禾苗。

宋｜王令｜《慎交》

淺近輕浮莫與交，地卑只解生荊棘。

釋文 不要和庸俗淺薄的人交朋友，這就好比窪地生長不出高樹，只能生些荊棘一樣，沒甚麼用處。

五代·前蜀｜貫休｜《行路難五首》之一

砥行碧山石，結交青松枝。

釋文 磨煉自己的品行使之如青山上的石頭那樣牢固不轉易，結交朋友就應該結下像青松那樣四季常青的友情。

唐｜孟郊｜《答友人》

惡人遠相離，善者近相知。縱使天無雨，陰雲自潤衣。

釋文 看到惡人要離得遠遠的，遇到好人要親近並成為知己。這好比陰雲天氣，就是不下雨，衣服也會

被沾濕。

唐｜王梵志｜《惡人遠相離》

三、知音

人生貴相知，何必金與錢？

釋文　人生貴在相互瞭解，怎麼能一定以金錢論交呢？

唐｜李白｜《贈友人》

丈夫會應有知己。

釋文　大丈夫會遇到自己知心的朋友。

唐｜張謂｜《贈喬琳》

山河不足重，重在遇知己。

釋文　知己之情比山河還重。

唐｜鮑溶｜《壯士行》

千人萬人中，一人兩人知。

釋文　在千人萬人中，能有一兩個知心朋友，就已經很不錯了。

五代·前蜀｜貫休｜《古意》

天下雖云大，同聲有幾人。

釋文　天下雖然說很大，但志同道合的知己卻寥寥無幾。

唐｜劉得仁｜《送顧非熊作尉盱眙》

生不願封萬戶侯，但願一識韓荊州 [1] 。

[1] 韓荊州：荊州長史韓朝宗，好薦拔賢士。

【釋文】 人生在世不必一定要成為達官顯貴，只希望能結識像韓荊州那樣的知己。

唐｜李白｜《與韓荊州書》

何以報知者，永存堅與貞。

【釋文】 應該如何來報答知心的朋友呢？那就是永遠保持自己堅貞的節操。

唐｜孟郊｜《答郭郎中》

坐中無知音，安得神揚揚。

【釋文】 沒有知心朋友在一起，就得不到寬慰。

唐｜孟雲卿｜《傷懷酬故友》

淚落吳江水，隨潮到海回。

【釋文】 當聽到知己朋友文天祥被害時，非常痛苦，就望西台祭奠，慟哭不已。眼淚就像吳江水，隨潮水流到海裏又回轉來，永無盡時。

宋｜謝翱｜《西台哭所思》

前不見古人，後不見來者。念天地之悠悠，獨愴（chuàng）然而涕下。

【釋文】俯仰古今，瞻望未來，不遇知音，不勝悲憤，慨歎宇宙無窮、人生短促，不禁悲傷落淚。

唐｜陳子昂｜《登幽州台歌》

莫愁前路無知己，天下誰人不識君？

【釋文】此去不要愁找不到知己，天下的人誰不知道你呀？

唐｜高適｜《別董大二首》之一

欲將心事付瑤琴 **1**，知音少，弦斷有誰聽？

1 瑤琴：用美玉裝飾的琴。

【釋文】要彈起瑤琴寄託我的心事，可惜缺少知音。弦撥斷了又有誰來聽一聽呢？

宋｜岳飛｜《小重山》

生活 健康

一、青春

勸君着意惜芳菲，莫待行人攀折盡。

[釋文] 勸你應當珍惜美好的青春，努力奮鬥。

宋｜歐陽修｜《玉樓春》

少年衰老與山同。

[釋文] 人的青春易逝如同花兒易衰落一樣，美好的時光很快就會過去。

宋｜韓世忠｜《臨江仙》

少年易學老難成，一寸光陰不可輕。

[釋文] 年輕時學習效果好，年紀大了學習就困難了，所以年輕時千萬不要虛度光陰。

宋｜朱熹｜《偶成》

少年成老大，吾道付逶迤 [1]。

[1] 逶迤（wēi yí）：長遠而曲折。

[釋文] 少年很快就老了，而自己要實現的理想卻還很遙遠。

宋｜文天祥｜《夜坐》

青春都一餉。忍把浮名，換了淺斟低唱。

〔釋文〕 青春是短暫的，我不要世間浮名，而寧願過休閒的日子，一杯小酌，一曲低唱。

宋｜柳永｜《鶴沖天》

青春豈不惜，行樂非所欲。

〔釋文〕 我並非不愛惜青春，但追求行樂並不是我的想法。

宋｜文天祥｜《山中感興》

榮枯遞轉急如箭，天公豈肯於公偏？

〔釋文〕 榮華富貴很快就會化為泡影，天公難道只會對你偏心？不要說青春永遠留住，你很快就會衰老。

唐｜李賀｜《嘲少年》

春色着人如酒。

〔釋文〕 春天像酒那樣使人陶醉。着（zhuó）人：使人。

宋｜秦觀｜《如夢令》

新豐 [1] 美酒斗十千，咸陽 [2] 遊俠多少年。

[1] 新豐：漢代縣名，在今陝西臨潼東北。斗，盛酒的器皿，斗十千，斗酒值十千文錢。曹植《名都篇》：「歸來宴平樂，美酒斗十千。」

[2] 咸陽：秦朝都城，這裏借指唐朝京城長安。

〔釋文〕 新豐的美酒一斗就值十千文錢，長安城中的那些遊俠少年是人中之傑。

唐｜王維｜《少年行四首》之一

二、歎老

人老簪花不自羞，花應羞上老人頭。

〔釋文〕 人都老了還把牡丹花插在頭上，自己竟不知道害羞，而牡丹花卻可能因為被戴在老人頭上而感到羞愧。

宋｜蘇軾｜《吉祥寺賞牡丹》

人生非寒松，年貌豈長在。

〔釋文〕 人的生命不能像青松那樣，怎麼能不衰老呢？

唐｜李白｜《古風五十九首》之十一

夕陽無限好，只是近黃昏。

〔釋文〕 夕陽的景色無限美好，可惜夜幕即將降臨，美景就要迅速消逝了。

唐｜李商隱｜《樂遊原》

天意憐幽草，人間重晚晴 [1]。

[1] 晚晴：比喻老年。

〔釋文〕 上天也知道同情生長在幽暗處的小草，人世間也珍惜着傍晚時的晴天。

唐｜李商隱｜《晚晴》

天若有情天亦老。

〔釋文〕 茫茫蒼天，如果有情也會衰老。

唐｜李賀｜《金銅仙人辭漢歌》

風雲變化饒 **1** 年少，光景蹉跎屬老夫。

1 饒：多。

〔釋文〕 叱吒風雲的多是年輕人，蹉跎光景的屬於老頭子。

唐｜劉禹錫｜《樂天寄重和晚達冬青一篇，因成再答》

如此春來春又去，白了人頭。

〔釋文〕 光陰易逝，人生易老。

宋｜歐陽修｜《浪淘沙》

年年歲歲花相似，歲歲年年人不同。

〔釋文〕 一年一年花的模樣都相似，而一年一年人的容貌卻變老了。

唐｜劉希夷｜《代悲白頭翁》

壯志因愁減，衰容與病俱。

〔釋文〕 憂愁能消磨人的意志，多病容易衰老。

唐｜白居易｜《東南行一百韻》

吾不識青天高，黃地厚；唯見月寒日暖，來煎人壽。

〔釋文〕我看不見青天有多高，大地有多厚。只看見日月不停地轉動，來銷蝕人的壽命。

唐｜李賀｜《苦晝短》

茅檐低小，溪上青青草。醉裏吳音 **1** 相媚好，白髮誰家翁媼（ǎo）？

1 吳音：作者居住的上饒舊屬吳國，這裏吳音泛指當地方言。

〔釋文〕在那水草青青的小溪邊，一座茅屋的檐前，不知是誰家的老頭兒和老婆子，喝得有點醉了，他們操着柔媚的吳地方言，親切地交談着。

宋｜辛棄疾｜《清平樂》

苦心殊易老，新發早年生。

〔釋文〕心裏多愁，就會未老先衰。

唐｜方乾｜《贈功成將》

相逢頭白莫惆悵，世上無人長少年。

〔釋文〕相見時不要因為彼此的頭髮白而懊惱，世上的人誰能長生不老呢？

唐｜周賀｜《寄潘緯》

前賢多晚達 **[1]**，莫怕鬢霜侵。

[1] 達：通顯，引申為得志。

【釋文】古代的許多賢人都是很晚才得志，現在鬢髮白了些，有甚麼值得發愁的呢？

唐｜方乾｜《感懷》

舉世盡從愁裏老。

【釋文】世人之所以容易衰老，都是因為多愁善感所致。

唐｜杜荀鶴｜《秋宿臨江驛》

欲知憂能老，為視鏡中絲。

【釋文】要想知道憂愁可以使人衰老，就看看映在鏡子裏的白髮吧。

南朝·齊｜范雲｜《有所思》

最是多愁老得人。

【釋文】憂愁多了人容易衰老。

宋｜張炎｜《採桑子》

三、養生

戒爾勿嗜酒，狂藥非佳味。
能移謹厚性，化作凶險類。

〔釋文〕 我勸你不要那麼喜歡喝酒，酒是狂藥而不是美味。它能改變你謹慎敦厚的本性，使你變成兇惡愚頑的人。

宋｜范質｜《戒兒姪八百字》

但把窮愁博長健，不辭最後飲屠蘇。

〔釋文〕 只要身體健康，雖然年老貧窮也不在意，最後飲屠蘇酒自然不必推辭。

宋｜蘇軾｜《除夜野宿常州城外》

但願有頭生白髮，何憂無地覓黃金。

〔釋文〕 只要可以健康長壽，不用擔心尋覓不到財富。

宋｜戴復古｜《望江南》

身作醫王心是藥，不勞和扁 [1] 到門前。

[1] 和扁：指醫和、扁鵲，都是古代的名醫。

〔釋文〕 心病要用「心藥」來治，不必去請醫和、扁鵲那樣高明的醫生。

唐｜白居易｜《病中五絕句》之四

沉憂損性靈，服藥亦枯槁（gǎo）。

【釋文】憂慮太深會損傷人的精神，經常服藥也會使人面色憔悴。

唐｜孟郊｜《怨別》

酒能祛百慮，菊為制頹齡。

【釋文】飲酒可以除去各種憂愁，服菊可以制止人的衰老。

晉｜陶淵明｜《九日閑居》

綠鬢愁中改，紅顏啼裏滅。

【釋文】烏亮的鬢髮在憂愁中衰減，紅潤的容顏在啼哭中褪色。

南朝・梁｜吳均｜《和蕭洗馬子顯古意六首》之三

四、疾病

不知筋力衰多少，但覺新來懶上樓。

【釋文】不知病後身體衰弱了多少，只覺得近來連樓都懶得上了。

宋｜辛棄疾｜《鷓鴣天・鵝湖歸病起作》

多病所需惟藥物，微軀此外更何求。

【釋文】我年老體病，所需要的就是些藥物，除了這些還有甚麼奢求呢？

唐｜杜甫｜《江村》

生活 健康

因病得閒殊不惡，安心是藥更無方。

[釋文] 得閒是因病，若能安心養病比服藥更好。

宋｜蘇軾｜《病中遊祖塔院》

閉門君勿誚，衰病正相兼。

[釋文] 我關門不出請你不要責怪，因為正是又老又病的時候。

宋｜陸游｜《村興》

親朋無一字，老病有孤舟。

[釋文] 親戚朋友沒有一封信，自己年老多病，只有一葉孤舟罷了。

唐｜杜甫｜《登岳陽樓》

病身最覺風霜早，歸夢不知山水長。

[釋文] 病魔纏身對風霜的早臨感受最深，在夢裏回歸故鄉絲毫不知道山水遠隔。

宋｜王安石｜《葛溪驛》

病多知藥性，年長信人愁。

[釋文] 多病使人知道藥的性質，年歲大了才相信人是有憂愁的。

唐｜於鵠｜《山中自述》

五、生死

人生自古誰無死。

[釋文] 古往今來，誰都難免一死。

宋｜文天祥｜《過零丁洋》

今生若問來生種，醒時但問寐時夢。

[釋文] 如果要知道自己來生將是怎麼樣的，你就趁着醒時回想一下睡着時做了甚麼夢。

清｜魏源｜《觀物吟》

生者為過客，死者為歸人。

[釋文] 天地像個旅館，活着的人住在其中，自然只是過客。死去了就離開這個旅館，而歸於永恆。

唐｜李白｜《擬古十二首》之九

生前富貴草頭露，身後風流陌上花。

[釋文] 活着的時候不論多富貴都不過像草上露水一樣短暫。死了以後不論如何風流，也不過就是路上的不知名的小花罷。

唐｜蘇軾｜《陌上花三首》之三

死去元知萬事空。

[釋文] 原本知道死了以後一切都是虛幻的。

宋｜陸游｜《示兒》

死辱片時痛，生辱長年羞。

〔釋文〕死，只不過是片時的痛苦。而活着不學習沒有作為卻是終生的羞愧。

唐｜孟郊｜《苦學吟》

名終埋不得，骨任朽何妨。

〔釋文〕既然你的名聲埋沒不了，那麼死後就是腐爛了又有甚麼關係呢？

唐｜裴諧逸句，見｜《唐詩紀事》卷五十六

自古皆有死，義不污腥羶（shān）。

〔釋文〕自古以來人都難免一死，但要死得光明正大，而不要玷污了氣節。

宋｜文天祥｜《高沙道中》

殺身固有道，大節要不虧。

〔釋文〕死須死得其所，要保住大節不受虧損。

宋｜蘇軾｜《和陶詠三良》

君不見古來燒水銀，變作北邙山上塵。

〔釋文〕古往今來多少想靠煉丹服藥求得長生不老的人，都已經化作北邙山上的塵土了。

唐｜顧況｜《行路難三首》之三

六、衣食

人生歸有道，衣食固其端。

〔釋文〕 人生最必要的東西，那就是有飯吃，有衣穿。

晉｜陶淵明｜《庚戌歲九月中於西田獲早稻》

人生口腹何足道，往往坐役七尺軀。

〔釋文〕 人的飲食不值得稱道，為了吃往往忙壞了自己的身體。

宋｜陸游｜《蔬食戲書》

自種自收還自足，不知堯舜是吾君。

〔釋文〕 自己收獲的果實足以滿足自家的生活所需，根本不（需要）知道我們的君王是誰。

宋｜王禹翶｜《畬田詞》

衣食當須紀 **1**，力耕不吾欺。

1 紀：經營。

〔釋文〕 衣食必須經營，努力耕作，是不會白費力氣的。

晉｜陶淵明｜《移居二首》之二

狐白足御冬，焉念無衣客。

〔釋文〕 身穿狐白裘就足以抵擋寒冷了，怎會想到沒衣穿的人呢？

三國·魏｜曹植｜《贈丁儀》

生活　健康

被褐欣自得,屢空常晏如。

【釋文】穿着粗布衣服而欣然自得,盛食物的器具經常空着而安然自得。

晉｜陶淵明｜《始作鎮軍參軍經曲阿作》

菽麥實所羨,孰敢慕甘肥。

【釋文】能有粗茶淡飯吃,我都很羨慕了,哪裏還敢奢望美味佳餚呢?

晉｜陶淵明｜《有會而作》

盤飧(sūn)市遠無兼味,尊酒家貧只舊醅(pēi)。

【釋文】離市鎮很遠,盤子裏沒有甚麼多種多樣的菜餚。家中不富裕,杯子裏也只有餘存的薄酒。

唐｜杜甫｜《客至》

綠蟻新醅酒,紅泥小火爐。
晚來天欲雪,能飲一杯無?

【釋文】泛着綠色泡沫的新酒釀好了,屋內生起紅泥做的小火爐。晚上天寒欲雪,老朋友你能來和我喝杯酒嗎?

唐｜白居易｜《問劉十九》

七、閒適

山中何所有？嶺上多白雲。

〔釋文〕 山中到底有甚麼？除了嶺上終年不減的白雲外，甚麼也沒有了。

南朝·梁｜陶弘景｜《詔問山中何所有，賦詩以答》

山城酒薄不堪飲，勸君且吸杯中月。

〔釋文〕 山城裏酒的味道淡薄得不可飲，請你們姑且喝這酒杯中的月亮吧。

宋｜蘇軾｜《月夜與客飲杏花下》

長河流月去無聲。杏花疏影裏，吹笛到天明。

〔釋文〕 月影隨着長河的流水無聲無息地消失了，我坐在杏花稀疏的影子裏，吹着橫笛，直到天明。

宋｜陳與義｜《臨江仙》

且待夜深明月去，試看涵泳幾多星。

〔釋文〕 等到夜深，明月走掉了，再看我這小小的盆池裏能夠「沉浸」多少顆星星。

唐｜韓愈｜《盆池五首》之五

只余鷗鷺（lù）無拘管，北去南來自在飛。

【釋文】只有那些水鳥無拘無束，自由自在地南來北去飛行。

宋｜楊萬里｜《初入淮河四絕句》之三

只在此山中，雲深不知處。

【釋文】極寫隱者的蹤跡不定，飄逸超塵。

唐｜賈島｜《尋隱者不遇》

鳥宿池邊樹，僧敲月下門。

【釋文】小鳥棲止在池邊樹上，僧人敲響月下的屋門。

唐｜賈島｜《題李凝幽居》

西塞山 [1] 前白鷺飛，桃花流水鱖魚肥。青箬笠，綠蓑衣。斜風細雨不須歸。

[1] 西塞山：在今浙江湖州。

【釋文】美麗的西塞山前，一羣羣白鷺在碧空中自由地飛翔。桃花盛開，江水猛漲，無數肥美的鱖魚在水底悠閒地游泳。老漁翁頭戴青竹笠，身披綠蓑衣，在斜風細雨中悠閒自在。

唐｜張志和｜《漁父》

行到水窮處，坐看雲起時。

〔釋文〕走到流水窮盡的地方，就坐下來看白雲冉冉升起，觀賞行雲流水「萬事不關心」的生活情趣。

唐｜王維｜《終南別業》

華山處士如容見，不覓仙方覓睡方。

〔釋文〕華山高士，如果能見着，我不向他討要成仙的方子，倒是想要睡眠的方子。

宋｜王安石｜《午夢》

傳語風光共流轉，暫時相賞莫相違。

〔釋文〕傳語給大好風光，請跟着我一道流連盤桓吧。暫且拋掉煩惱，不要互相違離吧！

唐｜杜甫｜《曲江二首》之二

非必絲與竹 **1**，山水有清音。

1 絲與竹：指弦樂器與管樂器。

〔釋文〕不必管弦奏樂，山水自有清雅的聲音。

晉｜左思｜《招隱二首》之一

度嶺穿松心未厭，好閒翻為愛花忙。

〔釋文〕越過連綿的峻嶺，穿過莽莽的松林，風光無限，百看不厭，本來是趁着閒心來遊玩一番，誰知卻為貪看美景忙得辛苦了。

宋｜劉一止｜《入靈隱寺》

生活 健康

覺後不知明月上，滿身花影倩 [1] 人扶。

[1] 倩：qìng。同「請」。

〔釋文〕醒來之後月亮已經高高昇起，照得花影滿身，欲待起來行動，仍然東倒西歪，非得請人扶持不可。寫酒醒後的情景。

唐｜陸龜蒙｜《和襲美春夕酒醒》

寂寥天地暮，心與廣川 [1] 閒。

[1] 廣川：古縣名，治所在今河北景縣西南廣川鎮。

〔釋文〕暮色將臨，登上城樓，望着遼闊的寂靜的天地，心情極為平靜、悠閒，如同所看到的河水一樣。

唐｜王維｜《登河北城樓作》

黃梅時節家家雨，青草池塘處處蛙。
有約不來過夜半，閒敲棋子落燈花。

〔釋文〕黃梅時節，家家都被濛濛的細雨籠罩着，草地上，池塘邊一片蛙聲，時過半夜，約好的客人還沒有來，主人焦急而寂寞地敲打着棋子，燈花因震動而落下。

宋｜趙師秀｜《約客》

清時有味是無能，閒愛孤雲靜愛僧。

〔釋文〕太平時期無能的人倒是有閒情逸興，喜歡孤雲的悠閒，也喜歡和尚的清靜。

唐｜杜牧｜《將赴吳興登樂遊原》

笙歌歸院落，燈火下樓台。

【釋文】笙歌雖然結束了，但餘音似乎還迴旋在院落之中，不絕如縷；僕人們舉着燈火，送客人步下樓台的情景，還歷歷在目。

唐｜白居易｜《宴散》

最愛湖東行不足，綠楊陰裏白沙堤。

【釋文】最喜歡的是錢塘湖東，讓人常看不厭。春天到來，抽枝長葉最快的楊柳已成蔭，籠罩於白沙堤上，形成一條春風習習的林蔭道，那是多美的佳景呀！

唐｜白居易｜《錢塘湖春行》

溪邊照影行，天在清溪底。天上有行雲，人在行雲裏。

【釋文】在溪邊照着影子行走，藍天和白雲也映在清澈的溪水中，看去，人簡直飄然遊於雲間了。

宋｜辛棄疾｜《生查子·遊雨岩》

八、自由

今日籠中強言語，乞歸天外啄含桃。

【釋文】籠中的鸚鵡雖然被人調教得能學人說話，但它卻想着從前在山野裏啄櫻桃的日子。

唐｜齊己｜《放鸚鵡》

乍向草中耿介死，不求黃金籠下生。

【釋文】寧可在草澤中死得光明正大，也不願在黃金籠裏屈辱求生。比喻自由的可貴。

唐｜李白｜《設辟邪伎鼓吹雉子班曲辭》

春風無限瀟湘意，欲採蘋花不自由。

【釋文】瀟湘兩岸，春意無邊，春風蕩漾，很想在那裏採摘一朵白蘋花，但身在柳州不能自由地去。

唐｜柳宗元｜《酬曹侍御過象縣見寄》

養雉黃金籠，見草心先喜。

【釋文】黃金籠子雖然貴重，但野雞並不喜歡待在裏面，它還是嚮往住在草叢裏。

唐｜盧頻｜《東西行》

晴空一鶴排雲上，便引詩情到碧霄。

【釋文】在晴朗的天空裏，一隻白鶴排雲而上，激起了我的詩情飛到蔚藍的天空裏。

唐｜劉禹錫｜《秋詞二首》之一

九、孤寂

雲母屏風燭影深，長河漸落曉星沉。
嫦娥應悔偷靈藥，碧海青天夜夜心。

〔釋文〕 嵌着雲母石的屏風和沉沉燭影相伴，銀河逐漸向
西傾斜，曉星也將隱沒，又一個孤獨的夜過去了。
嫦娥竊藥奔月，遠離塵囂，高居瓊樓玉宇，夜夜
碧海青天，清冷寂寥之情固難排遣。

唐｜李商隱｜《嫦娥》

共在人間說天上，不知天上憶人間。

〔釋文〕 人們都說天宮好，不知道天上人都在回憶人間好。

明｜邊貢｜《嫦娥》

天涯疏影 [1] 伴黃昏，玉笛高樓自掩門。

[1] 疏影：指梅花。

〔釋文〕 流落天涯的遊子，黃昏時只有梅花相伴，聽到高
樓飛出的玉笛聲，更覺寂寥無限，只好獨自掩門
不聽。寫梅花的孤芳與遊子的孤寂。

清｜龔鼎孳｜《百嘉村見梅花》

水際浮雲起，孤城日暮陰。
萬山秋葉下，獨坐一燈深。

〔釋文〕水邊浮雲升起，日暮時，黃昏的陰影遮蓋了一座孤城。萬山秋林葉落，林中深處一燈熒然，我獨自靜坐。

明｜何景明｜《十四夜》

坐覺蒼茫萬古意，遠自荒煙落日之中來。

〔釋文〕我忽然感覺到無盡的懷古之情一湧而至，如同大江一樣，遠從落日之處、煙霧模糊的荒野中滾滾而來。

明｜高啟｜《登金陵雨花台望大江》

視倏忽而無見兮，聽惝恍而無聞。

〔釋文〕眼睛迷惑，甚麼也看不見；聽覺模糊，甚麼也聽不到。後人用以形容孤獨寂寞的處境。

戰國｜屈原｜《楚辭·遠遊》

簾外誰來推繡戶，枉教人、夢斷瑤台 ❶
曲。又卻是，風敲竹。

❶ 瑤台：玉石砌成的樓台，指仙境。傳說在崑崙山。

〔釋文〕簾外有誰來推門呢？枉自驚醒我暢遊仙境的美夢！原來是風吹竹響。

宋｜蘇軾｜《賀新郎·夏景》

指冷玉笙寒，吹徹《小梅》春透。依舊，依舊，人與綠楊俱瘦。

【釋文】拿起冰冷的笙管，吹一支《小梅》曲子，如果一直這樣吹下去，楊花飛落，春光消逝，人也因為愁緒消瘦了。寫春日吹笙人的寂寞心情。

宋｜秦觀｜《如夢令·春景》

臨水朱門花一徑，盡日烏啼人靜。

【釋文】靠近溪水的紅色大門外種着花，整日只聽見烏鴉叫，而沒有人聲。

宋｜賀鑄｜《清平樂》

獨行潭底影，數息樹邊身。

【釋文】獨行者在潭水中映出孤單的倒影，行走的疲憊使他數次倚靠樹根休息。

唐｜賈島｜《送無可上人》

莫言歸去無人伴，自有中天月正明。

【釋文】就算你一個人回去，也不要說沒人陪伴你，你沒看見天空中的一輪明月嗎！

唐｜顧況｜《送朱拾遺》

柴扉日暮隨風掩，落盡閒花不見人。

【釋文】太陽落山了，柴門隨風關上，只見落花滿地，卻不知人在哪裏。

唐｜元稹｜《晚春》

誰知大爐下，還有不然 **1** 灰。

1 然：通「燃」字，指燃燒。

【釋文】誰知道在熊熊的大火爐裏，還有不一同燃燒的死灰呢？比喻在熱鬧的處境中，還有甘於寂寞的人。

唐｜劉長川｜《將赴東都上李相公》

黃鶴 **1** 一去不復返，白雲千載空悠悠。

1 黃鶴：比喻一去不返的事物。黃鶴樓故址在今湖北武漢市蛇山黃鵠頭。《元和郡縣誌》：「因磯為樓，名黃鶴樓。」《寰宇記》：「昔費文褘登仙，第乘黃鶴，於此憩駕，故號為黃鶴樓。」相傳始建於公元 223 年，歷代屢毀屢建。

【釋文】黃鶴飛去不復返，樓空寂寞，只有白雲飄蕩，千載悠悠。鶴去樓在，詩人藉今昔變化之大，抒發了寂寞、惆悵之感。

唐｜崔顥｜《黃鶴樓》

斜日半山，暝煙兩岸，數聲橫笛，一葉扁舟。

【釋文】夕陽有一半落到山後面，晚霞漸漸籠罩兩岸，遠處傳來了幾聲笛音，江中漂浮着孤零零的小船。這個場景烘托出遊子的孤獨。

宋｜秦觀｜《風流子》

數聲啼鳥怨年華。又是淒涼時候，在天涯。

【釋文】秋天清冷，遠離家鄉，多年的遊子聽見鳥叫，仿佛哀思時光流逝，感到寂寞淒涼。

宋｜仲殊｜《南歌子》

事業　成敗

一、志業

丈夫患不遇，豈患長賤貧。

〔釋文〕 男子漢只擔心碰不上機遇幹不成功事業，哪裏擔心貧賤呢？

宋｜歐陽修｜《送孔生再遊河北》

與天地兮同壽，與日月兮同光。

〔釋文〕 能跟天地一樣長壽，能跟日月一樣光芒萬丈。指事業不朽，名聲長存。

戰國｜屈原｜《楚辭·九章·涉江》

丹樓碧閣皆時事，只有江山古到今。

〔釋文〕 華麗的樓閣都是一時之物，只有江山萬古長存。比喻榮華富貴不過是過眼煙雲，只有豐功偉業不可磨滅。

宋｜王安石｜《金山三首》之三

古來青史誰不見，今見功名勝古人。

〔釋文〕 自古以來史書記載的事情誰不知道？我看今人建立的功勳和得到的名望，已經超過古人了！

唐｜岑參｜《輪台歌奉送封大夫出師西征》

男兒不藝則已矣，藝則須高天下人。

【釋文】男兒如果不下決心鑽研一門技藝也就算了，既然有志學會它，那就應該精益求精，高出眾人一籌才行。

明｜吳承恩｜《後圍棋歌贈小李》

青春如不耕，何以自結束。

【釋文】年輕的時候如果不辛勤耕耘，用甚麼來安排自己的晚年生活呢？

唐｜孟郊｜《贈農人》

艱難同草創，得失計毫釐。

【釋文】在開始創業時期，總是萬般艱難的，毫釐不慎，決定成敗。

唐｜杜牧｜《和野人殷潛之題籌筆驛十四韻》

二、成功

大風起兮雲飛揚，威加海內兮歸故鄉。

【釋文】大風颳起來啊，烏雲四散飛揚。我的聲威遍佈天下呀，今天回到家鄉。

漢｜劉邦｜《大風歌》

功夫未至難尋奧。

> 功夫沒有下到，就很難體會到其中的奧妙之處。

唐｜賈耽｜《賦盧書歌》

功成惟欲善持盈。

> 事業成功後，最重要的是要保持勝利的果實。

宋｜蘇軾｜《驪山三絕句》之一

老冉冉 **1** 其將至兮，恐修名 **2** 之不立。

1 冉冉：漸漸。

2 修名：美名。

> 我擔心的是自己漸漸老了，為國立功的美名還尚沒有樹立起來。

戰國｜屈原｜《楚辭·離騷》

名成未敢暫忘筌 **1**。

1 筌：捕魚用的竹器。

> 成名之後不敢把賴以成名的條件忘了。

唐｜鄭谷｜《卷末偶題》

多士成大業，羣賢濟弘績。

> 能廣用有用之才，便可建立大業；依靠羣賢，才能取得偉大的成就。

晉｜盧諶｜《答魏子悌》

莫以孤寒恥，孤寒達 [1] 更榮。

[1] 達：發達，得意，引申為事業有成。

[釋文] 不要因為自己的貧寒而感到恥辱，殊不知這樣的人一旦有作為就更光榮了。

唐｜杜荀鶴｜《讀友人詩》

高價 [1] 人爭重，行當早着鞭。

[1] 高價：比喻聲價高的人。

[釋文] 聲價高的人，大家紛紛尊重，所以更應早鞭策自己，不斷進取。

唐｜高適｜《河西送李十七》

踏破鐵鞋無覓處，算 [1] 來全不費工夫。

[1] 算：現改為「得」。

[釋文] 有些事的成功帶有偶然性，之前費力也無法做好的事，卻在意想不到的時候成功了。

元｜馬致遠｜《呂洞賓三醉岳陽樓》雜劇

三、環境

雲網塞四區，高羅正參差。

[釋文] 上下四方無處不有高羅密網，自由奮飛是不可能的。比喻社會環境險惡。

三國・魏｜嵇康｜《五言贈秀才詩》

出門即有礙，誰謂天地寬？

[釋文] 出門就到處碰壁，誰說天地廣闊了。比喻身處困境。

唐｜孟郊｜《贈別崔純亮》

處貴不忘舊。

[釋文] 身處高位不要忘了自己以前結識的人。

唐｜張說｜《五君詠五首·李趙公嶠》

嚴霜凍大澤，僵龍不如蛇。

[釋文] 英雄失去時機，就連凡人也不如了。

唐｜陸龜蒙｜《雜諷九首》之九

魚游沸鼎知無日，鳥覆危巢豈待風。

[釋文] 魚在開水鍋裏游，掙扎不了多久；鳥在高而弱小的樹枝上築巢，不等風吹就會傾覆了。比喻處境危險。

唐｜李商隱｜《行次昭應縣道上送戶部李郎中充昭義攻討》

南橘為北枳，古來豈虛言。

[釋文] 江南的橘樹移栽到北方就變成了枳，這句古話並不是隨便說着玩的。比喻環境可以改變人。

唐｜張彪｜《敕移橘栽》

秋菊堪餐，春蘭可佩，留待先生手自栽。

_{釋文} 既然古人認為菊花可餐，蘭花可佩，那就請等我親手把它們栽種起來。說明人應該用雙手創造美好的環境。

宋｜辛棄疾｜《沁園春·帶湖新居將成》

游魚須大海，猛虎須深山。

_{釋文} 有好環境條件才能施展才華。

清｜祁理孫｜《折楊柳詞》

四、磨煉

千淘萬漉 [1] 雖辛苦，吹盡狂沙始到金。

[1] 漉（lù）：濾。

_{釋文} 雖然淘金要經過千萬遍淘洗過濾，備受辛苦，但吹盡了泥沙之後才會出現耀眼的真金。比喻要得到寶貴的東西，非經一番辛苦磨煉不可。

唐｜劉禹錫｜《浪淘沙九首》之八

天上若無難走路，世間哪個不成仙。

_{釋文} 如果上天是輕而易舉的，那麼世間所有的人都能成仙了。說明做任何事情都要經過艱難困苦，才能臻於妙境。

清｜袁枚｜《隨園詩話補遺》卷九

不遇陰雨後，豈知明月好。

^{釋文} 比喻一個人經歷了艱難的處境，才知順境的可貴。

清｜孫枝蔚｜《溉堂集》

風餐露宿寧非苦，且試平生鐵石心。

^{釋文} 與其說風餐露宿不辛苦，倒不如說這是故意來試試這顆鐵石一樣的心。比喻堅強的意志是在艱難環境中磨煉出來的。

宋｜陸游｜《壯士吟次唐人韻》

事業　成敗

古人手中鑄神物，百煉百淬始提出。

^{釋文} 古代的名劍都是千錘百煉才製成的。比喻凡是要成就一件大事，都要經過艱苦的磨煉。

唐｜齊己｜《古劍歌》

玉經磨琢多成器，劍拔沉埋便倚天。

^{釋文} 大多數玉石只有經過雕琢，才能成為玉器，寶劍從泥土中拔出來，才能顯示出巨大威力。

五代｜王定保｜《唐摭言》

秀語出寒餓，身窮詩乃亨。

^{釋文} 詩人經過艱苦磨煉後，才能寫出好詩。

宋｜蘇軾｜《次韻仲殊雪中遊西湖二首》之二

煉金索堅貞，洗玉求明潔。

【釋文】把金子投在火爐裏熔冶，是為了讓它更堅貞；洗掉玉中的污點，是為了讓它更加明潔。比喻出色的人才必須經過艱苦磨煉。

唐｜孟郊｜《投所知》

五、頑強

丈夫非無淚，不灑離別間。

【釋文】男子漢並非沒有感情，但絕不在離別時哭哭啼啼。

唐｜陸龜蒙｜《別離曲》

世間淚灑兒女別，大丈夫心一寸鐵。

【釋文】別離流淚是一種兒女感情，男子漢大丈夫不這樣，因為他的意志堅強如鐵。

宋｜林景熙｜《讀〈文山集〉》

業無高卑志當堅，男兒有求安得閒。

【釋文】事業沒有高低之分，要緊的是志氣要堅定；男兒應當有所追求，怎麼能安閒虛度呢？

宋｜張耒（lěi）｜《北鄰賣餅兒每五鼓未旦，即繞街呼賣，雖大寒烈風不廢，而時略不少差，因為作詩，且有所警，示秸柜》

男兒兩行淚，不欲等閒垂。

【釋文】 大丈夫並不是輕易流淚的。比喻男兒應有堅強的意志。

唐｜杜荀鶴｜《送人遊江南》

行行 [1] 復垂淚，不稱是男兒。

[1] 行行：躑躅道中，即在前進中碰到了困難或障礙。

【釋文】 在前進的道路上碰到困難就傷心流淚，不是男子漢。

唐｜杜荀鶴｜《出常山界使回有寄》

但看古來盛名下，終日坎壈（lǎn）[1] 纏其身。

[1] 坎壈：不平，喻遭遇不順利。

【釋文】 只看古今那些大名鼎鼎的人物，他們也整天會遇到不順利。

唐｜杜甫｜《丹青引贈曹將軍霸》

我心匪石 [1] 情難轉，志奪秋霜意不移。

[1] 匪石：不是石頭。

【釋文】 人應當意志堅定，在厄境中要保持自己高尚的節操。

唐｜程長文｜《獄中書情上使君》

原上離離草，春來一雨生。
寸心燒不死，萬里碧無情。

〔釋文〕 小草的生命力是極其頑強的。

清｜汪縉｜《新草》

離離原上草，一歲一枯榮。
野火燒不盡，春風吹又生。

〔釋文〕 野草具有頑強的生命力。

唐｜白居易｜《賦得古原草送別》

願持精衞衞石心，窮取河源塞泉脈。

〔釋文〕 意志頑強堅定。

唐｜王睿｜《公無渡河》

念其霜中能作花，露中能作實。

〔釋文〕 梅花能在雪中開花，能在寒露中結實。比喻有高
尚品德的人，能在艱苦環境頑強做出成績。

晉｜鮑照｜《梅花落》

六、務實

不求立名聲，所貴去瑕疵 ❶。
各願貽 ❷ 子孫，永為後世資。

❶ 瑕疵：小毛病。

事業　成敗

2 貽：遺留。

> ^{釋文} 讀書、交友並不是為了博得名聲，重要的是因此而改掉自己身上的缺點。

唐｜王建｜《求友》

棗花雖小能結實，桑葉雖柔解吐絲。
堪笑牡丹如斗大，不成一事又空枝。

> ^{釋文} 人應該像桑葉棗花那樣，雖柔小卻對社會有貢獻；而不要像牡丹那樣，雖鮮豔而碩大，對人卻沒有實際利益。

宋｜王溥｜《詠牡丹》

速成不堅牢，亟 ¹ 走多顛躓 ²。

1 亟：急。

2 顛躓（zhì）：跌倒。

> ^{釋文} 事情成功太快就不會堅固，走得太急往往摔倒。說明學習、做事應有扎實的功夫。

宋｜范質｜《誡兒侄八百字》

腳力盡時山更好，莫將有限趁無窮。

> ^{釋文} 已走得腳痛腿痠了，但高山的風光卻更加迷人，還是要量力而行，不要貪得無厭。比喻治學或做事都要量力而行，實事求是。

宋｜蘇軾｜《登玲瓏山》

盤根得地年年盛，豈學春林一晌 [1] 紅。

[1] 一晌：片刻。

【釋文】 這棵大樹盤根錯節，深深地扎在大地之中。因而年年幹枝茂盛，哪裏像林中的春花只開放短短一瞬間。

宋｜蘇舜欽｜《寄題趙叔平嘉樹亭》

騎驢覓驢但可笑，非馬喻馬亦成痴。

【釋文】 忘掉根本而有他求，這是多麼可笑的事啊！

宋｜黃庭堅｜《寄黃龍清老三首》之三

山深更須入，聞有早梅村。

【釋文】 要領略山的佳境，就應不畏艱險敢於攀登，親自深入到它的深處。比喻要歷盡艱辛才能有結果。

宋｜楊萬里｜《明發石山》

七、發奮

業廣因功苦，拳拳志士心。

【釋文】 人們能夠取得事業的成就，都是發奮努力的結果；有志之士對追求功業始終抱有懇切的心。

唐｜孟簡｜《惜分陰》

男兒少壯不樹立，挾此窮老將安歸。

〔釋文〕 男子漢不在年輕時有所建樹，到老了哪裏又是歸宿呢？

宋｜王安石｜《憶昨詩示諸外弟》

年少不應辭苦節，諸生若遇亦封侯。

〔釋文〕 人應趁年輕時就艱苦自勵，發奮用功，有了真本領後，若有好的機遇封侯拜相也是可能的。

唐｜嚴維｜《送薛居士和州讀書》

進則萬景晝 **1**，退則羣物陰 **2**。

1 晝：白天，比喻光明。

2 陰：陰天，比喻昏暗。

〔釋文〕 奮力進取則一切前景就像白晝一樣光明，遇難退縮則一切就像陰天那樣昏暗。

唐｜孟郊｜《大隱坊·章仇將軍良棄功守貧》

良時正可用，行矣莫徒然。

〔釋文〕 要抓住當下施展自己才能的好機會，且要努力奮行，不要辜負大好時光。

唐｜高適｜《送韓九》

舉世人生何所依，不求自己更求誰。

〔釋文〕 人應當自己奮發有為，依賴別人是不行的。

唐｜呂岩｜《漁父詞一十八首·方契理》

將相本無種，男兒自當強。

【釋文】英雄豪傑不是天生的，男子漢應當發奮圖強。

元｜高明｜《琵琶記·杏林春宴》

策馬前途須努力，莫學龍鍾 [1] 虛歎息。

[1] 龍鍾：衰老潦倒的樣子。

【釋文】年輕人要努力向理想前程奮勇前進，不要像老來一事無成的人那樣長吁短歎，到那時歎息也沒有用了。

唐｜李涉｜《岳陽別張祐》

八、勤勞

人間萬事憑雙手。

【釋文】世間任何事情都要靠自己的雙手苦幹巧幹，才能取得成功。

唐｜牛殳｜《琵琶行》

人言力耕者，歲旱亦有糧。

【釋文】人說勤勞耕耘的人，天旱了也有餘糧。形容勤奮的重要性。

唐｜曹鄴｜《夜坐有懷》

少壯及時宜努力，老大無堪還可憎。

【釋文】在年富力強時要勤奮上進，不要虛度人生到老。勉勵人們珍惜時間。

宋｜歐陽修｜《伏日贈徐焦二生》

好事盡從難處得，少年無向易中輕。

【釋文】好事都是艱難的地方奮鬥得來的，少年人要有志向，不要貪圖輕鬆。

唐｜李咸用｜《送譚孝廉赴舉》

賢人多安排，俗士多虛欽。

【釋文】賢明的人總是勤於處理自己的事業，而庸人卻只知道徒然羨慕別人。

唐｜孟郊｜《連州吟三章》之二

採得百花成蜜後，為誰辛苦為誰甜。

【釋文】蜜蜂採了成千上萬朵的花釀成了蜂蜜，這樣辛苦是為了讓誰享用甜蜜的成果呢？

唐｜羅隱｜《蜂》

笨鳥先飛早入林。

【釋文】比喻才力差的人做事趕先一步就可以走在別人前面。指勤能補拙。

元｜關漢卿｜《陳母教子》雜劇第一折

九、持恆

一不做，二不休。

【釋文】對一件事不做則已，要做就堅持到底。

元｜王曄｜《桃花女》雜劇

心堅石也穿。

【釋文】意志堅定可以把石頭穿通。比喻只要有恆心，任何困難都可以克服。

唐｜封特卿｜《離別難》

衣帶漸寬終不悔，為伊消得人憔悴。

【釋文】為思念她而消瘦是值得的，儘管衣服顯得寬大了也始終不後悔。

宋｜柳永｜《蝶戀花》

路漫漫其修遠兮，吾將上下而求索。

【釋文】尋求真理的路很漫長，但我將百折不撓地去追尋。

戰國｜屈原｜《楚辭·離騷》

精神經百煉，鋒銳堅不挫。

【釋文】經過百般磨煉後，意志精神就堅利不可摧。

宋｜劉過｜《俞太古嘗叩閶上書，有名天下，予甚敬之，相會於姑蘇，將歸洞庭讀書，賦詩以壯其行》

十、惜時

一寸光陰一寸金。

【釋文】形容時間極其珍貴。

五代｜王貞白｜《白鹿洞二首》之一

一年始有一年春，百歲曾無百歲人。

【釋文】每年開始都有一個春天，但一百年中間也見不到一個活到一百歲的人。感歎時光無窮而人生短促。

唐｜崔敏童｜《宴城東莊》

勸君莫惜金縷衣 **1**，勸君惜取少年時。
有花堪折直須折，莫待無花空折枝。

1 金縷衣：用金線刺繡的華美的衣服。這裏指代一切華貴的東西。

【釋文】青春時光貴過一切，必須珍惜青春。勸人應珍惜青春，享受美好生活。

唐｜杜秋娘｜《金縷衣》

今日復今日，今日何其少！
今日又不為，此事何時了？

【釋文】一個今天接着一個今天，今天如此之少。今天的事今天又不做，這事何時才能完成？

明｜文嘉｜《今日歌》

白日莫空過，青春不再來。

【釋文】 光陰不能虛度，青春逝去不會再回來。

唐｜林寬｜《少年行》

百金買駿馬，千金買美人。
萬金買高爵，何處買青春？

【釋文】 金錢可以買到駿馬、美人、爵位，但哪裏能買到青春呢？

清｜屈復｜《偶然作》

百川東到海，何時復西歸？
少壯不努力，老大徒傷悲。

【釋文】 百川東流，永無歸期。少壯年華，轉瞬即逝，若不努力建功立業，老來一事無成，徒有追悔悲傷而已。

漢｜樂府古辭｜《長歌行》

光陰似箭催人老，日月如梭趲 [1] 少年。

[1] 趲（zǎn）：逼趕。

【釋文】 形容時光飛逝，青春短暫，少年人很快變老，所以當珍惜時光。

元｜高明｜《琵琶記》

花有重開日，人無再少年。

【釋文】花凋落了，還有再開的時候，人老了青春就不再來。

元雜劇

明日復明日，明日何其多。
日日待明日，萬事成蹉跎。

【釋文】明天過了還有明天，明天是何等的多啊。如果總是把今天的事推到明天，那就甚麼事也做不成了。

明｜文嘉｜《明日歌》

春宵一刻值千金，花有清香月有陰。

【釋文】春天的夜晚舒適宜人，一刻就有千金的價值；月光朦朧地照着，花散發出沁人心脾的清甜香味。

宋｜蘇軾｜《春宵》

眼前擾擾日一日，暗送白頭人不知。

【釋文】時光在不知不覺中流逝，頭髮都悄悄白了，人卻不知道。

唐｜杜牧｜《旅懷作》

驚風飄白日，光景馳西流。

【釋文】彷彿是被疾風席捲，光陰迅速流逝。

三國・魏｜曹植｜《箜篌引》

蹉跎莫遣韶光老。

【釋文】 不要虛度光陰，讓美好的時光白白浪費過去。

宋｜翁森｜《四時讀書樂·春》

十一、建功

大海從魚躍，長空任鳥飛。

【釋文】 在浩渺的大海裏魚兒可以自由跳躍，在遼闊的天空中，鳥兒可以任意飛翔。比喻人應當在廣闊天地中大展身手。

唐｜玄覽｜《佚題》句

萬里飛騰仍有路，莫愁四海正風塵。

【釋文】 施展才華建功立業還是有機會的，不必為眼前混亂的局面而愁苦。

明｜夏完淳｜《舟中憶邵景說寄張子退》

千秋萬歲名，寂寞身後事。

【釋文】 雖然李白活着的時候寂寞困苦，但他去世後將得到千秋萬歲的名聲。

唐｜杜甫｜《夢李白二首》之二

出師未捷身先死，長使英雄淚滿襟。

〔釋文〕諸葛亮壯志未酬、大才未盡而死去的憾事一直引得英雄豪傑流淚不止。

唐｜杜甫｜《蜀相》

名標青史，萬古流芳。

〔釋文〕把姓名、事跡記載在史書上，名傳萬代，永垂不朽。

元｜紀君祥｜《趙氏孤兒》雜劇

善不由外來兮，名不可以虛作。

〔釋文〕功德不是外人加給的，要由自己去建立；名譽不可以憑空而起，要用實幹去取得。

戰國｜屈原｜《楚辭·九章·抽思》

十二、謹慎

一失足成千古笑，再回頭是百年人。

〔釋文〕一旦犯了錯誤，就留下了終身憾恨。

明｜楊儀｜《明良記》

小心天下去得，大膽寸步難行。

〔釋文〕小心謹慎，走遍天下也不會出錯；莽撞大意，一動就會出錯。

明｜徐仲由｜《殺狗記》第二十折

提防瓜李能終始，免愧於心負此身。

釋文 能始終注意瓜田李下之嫌，就可以避免引起別人的誤會和懷疑。

唐｜韓偓｜《八月六日作四首》之四

十三、奮鬥

白日依山盡，黃河入海流。
欲窮千里目，更上一層樓。

釋文 鸛雀樓上見到夕陽傍着遠山慢慢地落下去了，黃河橫貫大地奔騰着向大海流去，要看盡千里風光，必須再登上一層樓。表達了不斷向上、不斷發現新境界的進取精神。

唐｜王之渙｜《登鸛雀樓》

有才無不適，行矣莫徒勞。

釋文 有才能的人處處都能用得上，要努力奮鬥，不要辜負自己的青春。

唐｜高適｜《送柴司戶充劉卿判官之嶺外》

十四、預防

水光先見月，露氣早知秋。

釋文 月亮稍有光線便能在水上反映出來，天氣稍變冷，空氣中就有露。

唐｜李肱｜《句》

古人大業成，皆自憂患始。

【釋文】古人成就了大事業的，都經過憂患的考驗。

清｜劉岩｜《贈人》

瓜田不納履，李下不正冠。

【釋文】在瓜田裏不要提鞋，免得被人誤認為摘瓜；在李樹下不要正帽子，免得被人誤認為偷李子。勸人防嫌。

三國·魏｜曹植｜《君子行》

穴蟻能防患，常於未雨移。

【釋文】螞蟻還知道防患於未然，在未下雨前就將洞穴移到安全的地方。

宋｜劉克莊｜《穴蟻》

閒時不燒香，急來抱佛腳。

【釋文】比喻平時不充分準備，事到臨頭再想辦法就來不及了。

宋｜劉攽（bān）｜《劉貢父詩話》

體貌　氣質

一、容貌

一顧傾人城，再顧傾人國。

【釋文】一個絕美的女子，只要她秋波一轉，就能讓守城者丟盔棄甲，城池失守；她再一看，就使帝王傾心，國家顛覆。

漢｜李延年｜《歌一首》

雲想衣裳花想容，春風拂檻露華濃。

【釋文】從雲可以想象到她衣服的華貴，從花可想象到她容貌的嬌豔，受寵的楊貴妃像春風吹拂過帶着露水牡丹花，容顏越發濃豔。

唐｜李白｜《清平調詞三首》之一

改頭換面孔，不離舊時人。

【釋文】只改變外表，內心還是跟原來一樣。

唐｜寒山｜《詩三百三首》之二一四

指如削蔥根，口如含朱丹。

【釋文】手指柔細像尖削的蔥白，口唇像紅色的寶石。

漢｜無名氏｜《古詩為焦仲卿妻作》（即《孔雀東南飛》）

荷葉羅裙一色裁，芙蓉向臉兩邊開。
亂入池中看不見，聞歌始覺有人來。

〔釋文〕 羅裙和荷葉的顏色一樣，採蓮女坐着小木船進入濃密的荷叢，荷花迎面分向兩邊。採蓮女進入蓮塘後便與荷葉荷花渾然一體了，只有聽到採蓮歌聲，才知道有人來了。

唐｜王昌齡｜《採蓮曲二首》之一

二、 體態

千呼萬喚始出來，猶抱琵琶半遮面。

〔釋文〕 再三呼喚，她才肯走出船艙，還抱着琵琶，遮住半邊臉龐。

唐｜白居易｜《琵琶行》

偏何姍姍其來遲？

〔釋文〕 為甚麼步子緩慢從容地來晚了？後人常對到得晚的人說「姍姍來遲」。

漢｜漢書·孝武李夫人傳》

照花前後鏡，花面交相映。

〔釋文〕 在頭上插好花之後，用前後兩個鏡子來照看，花的鮮豔和人面的嬌豔交相輝映。

唐｜溫庭筠｜《菩薩蠻》

三、神情

三分春色 [1] 描來易，一段傷心畫出難。

[1] 三分春色：指容貌。

【釋文】 把人的容貌畫出來容易，但幽怨的感情卻難以描畫出來。

明｜湯顯祖｜《牡丹亭·寫真》

雙眸剪秋水。

【釋文】 她的雙眼閃爍流漾，放射着迷人的神采，彷彿用一灣秋水剪裁而成。

唐｜白居易｜《箏》

回眸一笑百媚生，六宮粉黛無顏色。

【釋文】 回過頭來投送秋波，轉盼多姿百媚俱生；後宮裏所有的女子和楊貴妃的美貌相比，都相形見絀了。

唐｜白居易｜《長恨歌》

春山低翠，秋水凝眸。

【釋文】 含情的雙眉微蹙輕垂，像翠黛的春山一樣令人神往，專注的眼光明亮澄澈，似秋水般迷人。

元｜王實甫｜《西廂記》第四本第二折

四、意態

玉精神，花模樣。

〔釋文〕女子容貌如花似玉，光豔紅潤。

元｜王實甫｜《西廂記》第四本楔子

玉容寂寞淚欄杆，梨花一枝春帶雨。

〔釋文〕臉上神色寂寞淒涼淚水縱橫，就像潔白的梨花灑上了春雨。

唐｜白居易｜《長恨歌》

楚歌吳語嬌不成，似能未能最有情。

〔釋文〕金陵地方女子唱楚地的歌曲，說的卻是吳地的方言，似像不像的最有情致。

唐｜李白｜《示金陵子》

新歌一曲令人豔，醉舞雙眸斂鬢斜。

〔釋文〕聽罷她唱的一曲新歌，愈發使人豔羨她的美色；乘着微醉的酒興輕盈起舞，雙眸如秋水明澈，光彩照人；嫵媚地攏一攏微斜的鬢髮，真有勾魂攝魄般無盡的力量。

唐｜萬楚｜《五日觀妓》

一、懷才

才飽身自貴，巷荒門豈貧。

【釋文】富有才能的人自然身份貴重，即使身處簡陋的居所，也不能認為他是貧窮的。

唐｜孟郊｜《題章承總吳王故城下幽居》

心如老馬雖知路，身似鳴蛙不屬官。

【釋文】我猶如識途的老馬對前進的道路了如指掌，但卻像野地裏叫喚的青蛙，不被官府重視。

宋｜陸游｜《自述》

白璧求善價，明珠難暗投。

【釋文】比喻有才的人一定要自信有用，莫自棄。

北朝·周｜王褒｜《牆上難為趣》

志士幽人 [1] 莫怨嗟，古來材大難為用。

[1] 幽人：幽居的隱士。

【釋文】有抱負的人和隱居的高人都不要怨憤嗟歎，自古以來有大才華的人都很難為當局所用。

唐｜杜甫｜《古柏行》

我見青山多嫵媚 [1]，料青山見我應如是。
情與貌，略相似。

[1] 嫵媚：姿態美好。《新唐書·魏徵傳》載唐太宗語：「人言徵舉動疏慢，我但見其嫵媚耳。」

【釋文】我看青山的姿態那樣秀美可愛，猜想青山看我，也應該是這樣的，我們的情感和神態大略一樣吧。詩人報國無路，白髮空垂，卻又不甘寂寞。

宋｜辛棄疾｜《賀新郎》

信手拈來世已驚，三江袞袞筆頭傾。

【釋文】形容詩才不羈，揮灑自如，如江水滔滔。

金｜王若虛｜《論詩》

二、用才

九州生氣恃風雷，萬馬齊暗究可哀。
我勸天公重抖擻，不拘一格降人材。

【釋文】中國要有生氣，必須依賴疾風迅雷般的變革，因為到處死氣沉沉，實在令人哀痛。我勸天公重新振作起來，不要拘於一定規格，把有志革新的人才降臨到人間。

清｜龔自珍｜《己亥雜詩》之一

大廈須異材，廊廟非庸器 [1]。

[1] 庸器：平常的才具。

【釋文】 建造高樓大廈需要特殊的材料，庸庸碌碌的人是不能幹國家大事的。

南朝·宋｜江淹｜《雜體詩·盧郎中諶感交》

尺水無長瀾，蛟龍豈其容。

【釋文】 淺水掀不起巨浪，怎能容下蛟龍呢？說明如果大材小用，就不能發揮其特長。

宋｜歐陽修｜《人日聚星堂燕集探韻得豐字》

中原莫道無麟鳳 [1]，自是皇家結網疏。

[1] 麟鳳：喻賢才。

【釋文】 不要以為天下沒有英才，那是因為朝廷沒有用心去搜求。

唐｜陳陶｜《閑居雜興》

平生不解藏人善，到處逢人說項斯 [1]。

[1] 項斯：唐代詩人。

【釋文】 我一輩子也不知道掩藏別人長處，像項斯這樣的賢才，我是逢人就讚揚的。

唐｜楊敬之｜《贈項斯》

由來骨鯁材，喜被軟弱吞。

[釋文] 從來剛直的人才，硬是被世俗的環境吞滅了。

唐｜韓愈｜《送進士劉師服東歸》

用違其才志不展。

[釋文] 用人如果不用他的才能，他仍覺沒得志。

宋｜蘇軾｜《送李公恕赴闕》

利器必先舉，非賢安可任。

[釋文] 對於有才能的人一定要首先加以重用，不是賢才怎麼能讓他擔當重任呢？

唐｜王昌齡｜《上侍御七兄》

秀幹終成棟，精鋼不作鉤。

[釋文] 優良的樹木終究要作棟梁之材，上好的鋼材也不會作用處不大的小鉤。

宋｜包拯｜《書端州郡齋壁》

嗚呼何代無奇才？世間未有黃金台 **1**。

1 黃金台：戰國時燕王築台於易水東南，置千金於台上，以招納天下英才。

[釋文] 哪一代沒有英才呢？只是由於沒有賢明者招納使用罷了。

宋｜劉過｜《呈陳總領五首》之一

人才　個性

舉仇且不棄，何必論親疏。

【釋文】既然舉薦人才時連自己的仇人也不嫌棄，那麼就更沒有必要去論親疏了。

唐｜蕭穎士｜《仰答韋司業垂訪五首》之四

笑將龍種 [1] 騁中庭，捷巧何施緩步行。

[1] 龍種：千里馬。

【釋文】將千里馬放在庭中小院裏，即使它再捷巧也無所逞其技，只好緩步而行。比喻對傑出人才使用不當，就不能發揮其特長。

明｜俞大猷｜《觀千里馬或令於通道試行》

寒地生材遺較易，貧家養女嫁常遲。

【釋文】寒冷的地方生長的木材容易被遺忘，貧窮人家的女兒出嫁難。比喻以地位財產論人，往往忽略了出身貧寒的有才之士。

唐｜白居易｜《晚桃花》

三、顯才

一驥騁長衢，眾獸不敢陪。

【釋文】一匹千里馬在大道上奔馳，其他的牲畜就無法和它並駕齊驅了。比喻人才只要有用武之地，就立即與眾不同。

唐｜孟郊｜《送黃構擢第後歸江南》

人才　個性

東風不與周郎 [1] 便，銅雀 [2] 春深鎖二喬 [3] 。

[1] 周郎：即周瑜。

[2] 銅雀：台名，在鄴城（今河北臨漳縣南），曹操建，上有樓，樓上有大銅雀高一丈五尺，故名。

[3] 二喬：指東吳著名的美女喬氏姊妹，大喬為孫策夫人，小喬是周瑜的妻子。

【釋文】如果不是東風給了周瑜方便，則很可能東吳要大敗，連二喬也被曹操擄走鎖進銅雀台了。作者自負有將才而不為用，故藉周瑜的事慨歎自己生不逢時。

唐｜杜牧｜《赤壁》

好是特凋羣木後，護霜凌雪翠逾深。

【釋文】青松的卓越之處就在於嚴冬萬木凋零之後，愈加在霜雪中顯出它的翠色。比喻傑出人物只有在逆境中才能顯示出其本色。

唐｜王睿｜《松》

江山代有才人出，各領風騷數百年．

【釋文】國家代代都有有才的人出現，他們各自的影響也不過幾百年而已。

清｜趙翼｜《論詩》

靈珠在泥沙，光景不可昏。

〔釋文〕 寶珠就是埋在泥沙裏，也依然不失其光芒。比喻惡劣環境無法埋沒品學兼優的人。

宋｜王安石｜《四皓二首》之一

洞房昨夜停紅燭，待曉堂前拜舅姑。妝罷低聲問夫婿：「畫眉深淺入時無？」

〔釋文〕 昨夜洞房裏放着紅燭，新娘等着天亮要到堂前去拜見公公婆婆，化完妝後低聲問夫婿：「我的眉毛畫得濃淡合時宜不？」用新嫁娘自比，寫出了臨試前自詡才華而又恐不能中選的心理狀態。

唐｜朱慶餘｜《閨意獻張水部》

四、惜才

世人皆欲殺 [1]，吾意獨憐才。

[1] 世人皆欲殺：安史之亂中，李白參加永王李璘的幕府。次年永王兵敗，李白下獄潯陽，不久判處流放夜郎。杜甫此詩蓋寫於此時。

〔釋文〕 世上的人都說應該殺他，我心裏偏偏愛他的才華。

唐｜杜甫｜《不見》

古稱國之寶，穀米與賢才。

〔釋文〕 自古被看作是國家寶貝的，就是糧食與人才。

唐｜白居易｜《雜興三首》之三

他年絳雪映紅雲。丁寧風與月，記取種花人。

[釋文] 等到來年紅花爛漫的時候，狂風猛雨別摧殘了花枝，要記着種花人的辛苦。寫惜花，寄託着愛惜人才的感情。

宋｜劉克莊｜《臨江仙·縣圃種花》

地褊（biǎn）[1] 未堪長袖舞 [2]，夜寒空對短檠（qíng）燈。

[1] 褊：偏狹，狹小。

[2] 長袖舞：典出自《漢書·景十三王傳》，長沙定王發「以其母微無寵，故王卑濕貧國。」應劭注：漢景帝叫諸王歌舞，定王只略為張開袖子，稍微舉一下手，樣子很笨拙。景帝見了感到很奇怪，就問定王為甚麼這樣。定王回答說：「我的國家小，地方狹窄，沒有迴旋的餘地。」

[釋文] 地方狹窄不能夠施展手腳，只有在寒夜裏白白地對着燈架子發呆。藉典對黃幾復英雄無用武之地窮苦生活的同情。

宋｜黃庭堅｜《次韻幾復和答所寄》

觀人如觀玉，拙眼 [1] 喜譏評。

[1] 拙眼：見識淺陋。

[釋文] 看人像看玉一樣，見識淺陋的人喜歡吹毛求疵。

宋｜陸游｜《雜興十首》之六

何世無奇才，遺之在草澤！

[釋文] 哪個朝代沒有奇才存在呢，只是他們被遺棄在山野裏，得不到施展才能的機會罷了。

晉｜左思｜《詠史八首》之七

珠玉買歌笑，糟糠養賢才。

[釋文] 作者批評統治者昏庸，不惜重金買取歌妓一笑，卻對人才待遇很差，不懂禮賢下士。

唐｜李白｜《古風五十九首》之十五

五、識才

飛黃 [1] 伯樂不世出，四顧驤首 [2] 空長嘶。

[1] 飛黃：神馬名。

[2] 驤首：馬快跑昂起頭的樣子。

[釋文] 比喻識才需要眼光。

宋｜歐陽修｜《再和聖俞見答》

世上豈無千里馬，人中難得九方皋 [1]。

[1] 九方皋：是古代善相馬的人，後用來比喻善於發現和識別人才的人。

[釋文] 世上難道沒有人才嗎？只不過沒有識別人才的能人罷了。

宋｜黃庭堅｜《過平輿懷李子先時在并州》

人才　個性

為材未離羣，有玉猶在璞。

^{釋文} 俊才都在眾人之中，就像玉在璞中一樣。

唐｜聶夷中｜《秋夕》

古人相馬不相皮，瘦馬雖瘦骨法奇。
世無伯樂良可嗤，千金市馬惟市肥。

^{釋文} 古人相馬並非只看皮毛怎樣，有的馬雖然很瘦，但它的骨骼卻好得出奇，只可惜世間沒有識馬的伯樂，所以花千金去專買肥馬。比喻不能以貌取人。

宋｜歐陽修｜《長句送陸子履學士通判宿州》

階前莫錯雙垂耳，不遇孫陽 ¹ 不肯嘶。

1 孫陽：周朝的相馬專家，一名伯樂。

^{釋文} 在階前不用看錯了那垂着雙耳的病馬，它遇不着孫陽那樣的相馬專家，是不肯嘶鳴的。

唐｜曹唐｜《病馬五首呈鄭校書章三吳十五先輩》之二

連林人不覺，獨樹眾乃奇。

^{釋文} 一片大樹林，不能引起人們的注意，孤零零的一棵樹聳立在那兒，人們便認為奇特了。比喻羣體中人才易被忽視。

晉｜陶淵明｜《飲酒二十首》之八

時人莫小池中水，淺處無妨有臥龍。

【釋文】 世人不要小看了池中水，水淺也不妨礙有臥龍在裏面。比喻貧寒人家也有賢才，不可輕視。

唐｜竇庠｜《醉中贈符載》

試玉要燒三日滿 [1]，辨材須待七年期 [2]。

[1] 試玉要燒三日滿：作者自注，「真玉燒三日不熱。」

[2] 辨材須待七年期：作者自注，「豫章木生七年而後知。」豫章，木名。

【釋文】 選拔人材，要經過長時間考驗。

唐｜白居易｜《放言五首》之三

終是君子材，還思君子識。

【釋文】 賢明的人才，終究要賢明的人去發現。

唐｜孟郊｜《衰松》

往者不追來不戒，莫將家世論人材。

【釋文】 過去的事已過去了，未來的事也無法誡勉，不能以家庭出身來評價人才。

金｜周昂｜《過省冤谷》

相馬失於瘦，遂遺千里足。

【釋文】 如果相馬的人忽視了瘦馬，便會把千里馬遺漏了。比喻不能以外貌或者貧富來衡量一個人的才能高低。

唐｜白居易｜《贏駿》

人才　個性

冀北當年浩莫分，斯人 [1] 一顧每空羣。

> [1] 斯人：指伯樂。

> 【釋文】 本來冀北的一羣馬優劣難分，等伯樂來後，良馬就被選空了。比喻識才要有眼光。

宋｜陸游｜《陳阜卿先生為兩浙轉運司考試官，時秦丞相孫以右文殿修撰來就試，直欲首選。阜卿得予文卷，擢置第一，秦氏大怒。予明年既顯黜，先生亦幾陷危機。偶為公薨，遂已。予晚歲料理故書，得先生手帖，追念平昔，作長句以識其事，不知衰涕之集也》

六、育才

訓士無他才，賞罰在果決。

> 【釋文】 教育別人沒有別的辦法，那就是有功必賞、有過必罰。

宋｜蘇舜欽｜《己卯冬大寒有感》

朽蠹不勝刀鋸力，匠人雖巧欲何如。

> 【釋文】 無法雕刻的朽木，再巧的工匠也無能為力。比喻不可造就的人靠外力難以改變。

唐｜韓愈｜《題木居士二首》之二

君材蜀錦三千丈，要在刀尺成衣衾。

> 【釋文】 你的才華雖然像蜀錦那樣華美，但需要加以裁剪才能成為如衣衾之類有用的東西。比喻對人才要

加以培養，才能發揮作用。

宋｜黃庭堅｜《次韻答張沙河》

君要花滿縣，桃李趁時栽。

〔釋文〕你如果想讓全縣都開滿花，就應及時栽種桃李。比喻培養人才貴在及時。

宋｜辛棄疾｜《水調歌頭・和趙景明知縣韻》

栽培剪伐須勤力，花易凋零草易生。

〔釋文〕栽培花要經常培土用力，因為花容易凋零，而雜草容易蔓延。比喻要不斷糾正缺點錯誤才能培育出優秀的人才。

宋｜蘇舜欽｜《題花山寺壁》

七、疏狂

一生傲岸苦不諧，恩疏媒勞志多乖。

〔釋文〕我生性鄙視塵俗，不願去巴結權貴，因而皇帝不重視自己，雖然有人引薦，也不能實現自己的夙願。

唐｜李白｜《答王十二寒夜獨酌有懷》

鳳凰不共雞爭食，莫怪先生懶折腰。

〔釋文〕像鳳凰那樣高貴的鳥，怎肯和雞爭食呢！所以不要責怪陶潛那樣不願為五斗米折腰的人。

唐｜胡曾｜《詠史詩・彭澤》

為問淮南米貴賤，老夫乘興欲東遊。

〖釋文〗向人打聽一下淮南的糧價貴賤，乘着逸興我想離川東遊。

唐｜杜甫｜《解悶十二首》之二

安能摧眉折腰事權貴，使我不得開心顏。

〖釋文〗怎麼能低眉彎腰侍候達官貴人呢？那將是使我最不開心的事。表達了傲視權貴，不肯苟且屈從的精神。

唐｜李白｜《夢遊天姥吟留別》

我本楚狂人，鳳歌笑孔丘。

〖釋文〗我是像楚國狂人接輿那樣的人，唱着《鳳兮歌》嘲笑孔子，表示作者不願與統治者合作的情操。

唐｜李白｜《廬山謠寄盧侍御虛舟》

青山是處可埋骨，白髮向人羞折腰。

〖釋文〗青山處處可以埋忠骨，我如今年邁，仍然恥於向人低頭彎腰。

宋｜陸游｜《醉中出西門偶書》

逢人不說人間事，便是人間無事人。

〖釋文〗和人在一起不說凡俗瑣事，那是因為他在人間沒有煩心的事可說。

唐｜杜荀鶴｜《贈質上人》

醉臥古藤陰下，了不知南北。

【釋文】 喝醉了躺在古藤的蔭下，全然不知道自己在甚麼地方。

宋｜秦觀｜《好事近·夢中作》

讀書　學習

一、貴學

不患 ▌ 人不知，惟患學不至。

▌ 患：擔心，害怕。

〔釋文〕 不怕別人不瞭解自己，就怕自己學問不到家。

宋｜范質｜《誡兒侄八百字》

書中自有黃金屋。

〔釋文〕 讀書考取功名才能得到更多財富。

宋｜趙恆｜《勸學詩》

學問藏之身，身在則有餘。

〔釋文〕 身藏高深學問，自然不會貧窮立世。

唐｜韓愈｜《符讀書城南》

黃金未是寶，學問勝珠珍。

〔釋文〕 學問遠勝過黃金、珍珠，是最寶貴的。

唐｜王梵志｜《黃金未是寶》

二、勤學

一日不作詩，心源如廢井。

〔釋文〕 一天不作詩，就覺得靈感的源泉如廢井一般壅塞、枯竭了。

唐｜賈島｜《戲贈友人》

十年寒窗無人問，一舉成名天下知。

【釋文】 長時期閉門苦讀，沒有一個人過問，一旦功成名就，天下皆知。

金｜劉祁｜《歸潛志》卷七句

勸汝立身須苦志，月中丹桂 **1** 自扶疏 **2** 。

1 丹桂：舊時比喻科舉功名。折桂，即科舉及第。

2 扶疏：茂盛。

【釋文】 只要你有堅定苦學的志向，那月中的丹桂正枝繁葉茂，等你攀折呢。

唐｜劉兼｜《貽諸學童》

名到沒世稱才好，書到今生讀已遲。

【釋文】 名聲還是等到自己去世後被人稱頌才好，但讀書的事應當抓緊時間進行。

清｜袁枚｜《隨園詩話》卷四引毛俟園句

學非探其花，要自拔其根。

【釋文】 學習要追根溯源，而不能停留在表面上。

唐｜杜牧｜《留誨曹師等詩》

學問勤中得，螢窗萬卷書。

三冬今足用，誰笑腹空虛。

〔釋文〕 學習要靠勤奮才能獲得，經過三年就會學得滿腹
經綸。

宋｜汪洙｜《神童詩》

晝短夜長須強學，學成貧亦勝他貧。

〔釋文〕 白天時間短，就把夜間的時間利用起來攻讀，有
了學問貧困也比沒學問的貧困強得多。

唐｜杜荀鶴｜《喜從弟雪中遠至有作》

須知三絕韋編 [1] 者，不是尋行數墨人。

[1] 韋編：韋，熟牛皮。古代用竹簡書寫，用熟牛皮把竹簡編聯起
來叫「韋編」。

〔釋文〕 真正刻苦學習的人，不是那些只會死記硬背，淺
嘗輒止、不明文理的人。

宋｜朱熹｜《易詩》之一

莫言酷學無知己，未必王音不薦雄。

〔釋文〕 只要你勤奮努力學習，有了學問就不怕別人不推
薦你、使用你。

唐｜張祜｜《題李戡山居》

熟讀唐詩三百首，不會作詩也會吟。

〔釋文〕 反覆讀優秀作品，就會受到啓發教育而增長才能。

清｜孫洙｜《唐詩三百首序》

三、善學

乃知學在少，老大不可強。

〔釋文〕 於是知道學習最好是在少年時期，年齡大了以後就勉強不得。

宋｜歐陽修｜《鎮陽讀書》

不薄今人愛古人。

〔釋文〕 對今人不妄加菲薄，對古人也要很好地繼承。

唐｜杜甫｜《戲為六絕句》之五

書生如魚蠹書冊，辛苦雕篆真徒勞。

〔釋文〕 死讀書如同蛀書蟲，再辛苦也是徒勞無益。

宋｜劉過｜《從軍樂》

向來枉費推移力，此日中流自在行。

〔釋文〕 一向白費了許多力氣，今天水中卻能自由自在地行動。用在春水中行舟來比喻讀書進入佳境。

宋｜朱熹｜《觀書有感》之二

讀書　學習

別裁偽體親風雅，轉益多師是汝師。

〔釋文〕要區別和去除浮華空洞的作品，學習《風》、《雅》的經典傳統。只有不拘一格，博採眾長，才算真正找到了老師。

唐｜杜甫｜《戲為六絕句》之六

勉汝言須記，聞人善 [1] 即師。

> **[1]** 善：長處。

〔釋文〕勉勵你的話必須記住，聽說別人有長處，就應當拜他為師。

唐｜杜荀鶴｜《送舍弟》

四、讀書

人家不必論貧富，惟有讀書聲最佳。

〔釋文〕人不必計較貧窮或者富有，只有讀書的聲音最動聽。

唐｜翁承贊｜《書齋漫興二首》之二

書卷多情似故人，晨昏憂樂每相親。
眼前直下三千字，胸次全無一點塵。

〔釋文〕書卷內容豐富，與我結下了深厚的情誼。從早晨到黃昏，終日陪伴着我，使我的生活得到了安慰。剛剛看了三千字，心中的雜念便一掃而光。

明｜于謙｜《觀書》

古人學問無遺力，少壯工夫老始成。
紙上得來終覺淺，絕知此事要躬行。

[釋文] 古人學習知識是竭盡全力的，少壯時的努力到老年才看得出成果。從書本上得來的東西終究是膚淺的，要透徹地瞭解某種事物，非親身實踐不可。

宋｜陸游｜《冬夜讀書示子聿》

舊書不厭百回讀，熟讀深思子自知。

[釋文] 舊書讀一百遍也不厭煩，熟讀深思，你自然就會領悟書中的旨意了。

宋｜蘇軾｜《送安敦秀才失解西歸》

外物不移方是學，俗人猶愛未為詩。

[釋文] 能夠不受世俗名利的干擾，專心致志地讀書，才算是真正的學習；那些被俗儒們所喜愛的詩，並不算真正的詩。

宋｜陸游｜《朝飢示子聿》

奇文共欣賞，疑義相與析。

[釋文] 有了新奇的文章則共同欣賞，遇到疑難的道理就一起剖析。

晉｜陶淵明｜《移居二首》之一

經書括根本，史書閱興亡。

【釋文】閱讀聖賢經書應當知道其主旨，閱讀史書是為了瞭解歷代興亡的原因。

唐｜杜牧｜《冬至日寄小姪阿宜詩》

讀書之樂何處尋，數點梅花天地心。

【釋文】讀書的樂趣在甚麼地方呢？就在那冰天雪地上綻開的幾朵梅花上面。比喻讀書能探視到人間最美妙的東西。

宋｜翁森｜《四時讀書樂·冬》

讀書切戒在慌忙，涵泳 [1] 功夫興味長。
未曉不妨權放過，切身須要急思量。

[1] 涵泳：慢慢琢磨消化。

【釋文】讀書最忌諱急於求成，若能細細加以琢磨，必有無窮的興味。不能理解的地方，不妨暫且放在一邊，但對自己切身有用的東西要抓緊思考。

宋｜陸九淵｜《讀書》

揮汗讀書不已，人皆怪我何求。
我豈更求榮達，日長聊以銷憂。

【釋文】我樂意讀書的目的，並不是要求榮華富貴，而是把學習當成生活中的一件樂事了。

宋｜秦觀｜《寧浦書事六首》之一

讀書　學習

黑髮不知勤學早，白首方悔讀書遲。

【釋文】 年輕時不發奮讀書，等到頭髮都白了後悔就來不及了。

唐｜顏真卿｜《勸學》

腹有詩書氣自華。

【釋文】 學問淵博的人自然氣度不凡。

宋｜蘇軾｜《和董傳留別》

嗜書如嗜酒，知味乃篤好。

【釋文】 好讀書就如同好飲酒一樣，領略到其中的滋味，就會真正地愛好。

宋｜范成大｜《寄題王仲顯讀書樓》

願告當世讀書人，毋為空作書中蠹。

【釋文】 讀書不能死啃書本，而要聯繫實際加以應用。

明｜歸莊｜《讀書》

文學　藝術

一、文章

文章千古事，得失寸心知。

〔釋文〕著書立說是千古大事，其中甘苦得失，只有作者自己心裏有數。

唐｜杜甫｜《偶題》

文章無用等畫虎，名譽過耳如飛蠅。

〔釋文〕文章如不能經世濟用，那就等於畫虎不成反類犬，至於名譽那就如飛過耳旁的蒼蠅不值一提。

宋｜歐陽修｜《送徐生之澠池》

文章本天成，妙手偶得之。

〔釋文〕形容文學素養高的人，出於靈感，偶然會寫出佳作。

宋｜陸游｜《文章》

文章功用不經世，何異絲窠綴露珠。

〔釋文〕文章不為社會服務，無異於用絲窠來綴露珠，那是毫無益處的。

宋｜黃庭堅｜《戲呈孔毅父》

文章最忌百家衣。

〔釋文〕文章最忌諱東拼西湊，而沒有自己的創見。

宋｜陸游｜《次韻和楊伯子主簿見贈》

文章最忌隨人後。

【釋文】 文章忌諱人云亦云。

宋｜黃庭堅｜《贈謝敞王博喻》

醜女來效顰 [1]，還家驚四鄰。
壽陵 [2] 失本步，笑殺邯鄲 [3] 人。

[1] 顰：皺眉。《莊子·天運》載：春秋時越國美女西施，因患心痛病而皺眉。裏中一醜女見之，以為可增美態，仿效起來。鄰居見了，有的閉門不出，有的舉家遷徙。

[2] 壽陵：古燕國城邑。《莊子·秋水》載：壽陵有一個少年去邯鄲學人走路，結果不但沒有學會，反連自己原來走路的樣子也忘了，成為不會走路的人，最後只好爬回來。

[3] 邯鄲：古趙國的首都。

【釋文】 醜女子效仿西施皺眉的美態，鄰居見了驚訝其更醜了；壽陵一少年去邯鄲學人走路，結果不但沒有學會，反而連路都不會走了，讓邯鄲人嗤笑不已。作者用這兩個典故，批評那些沒有自己獨立風格，一味仿效他人作品的人。

唐｜李白｜《古風五十九首》之三十五

詞源倒流三峽水，筆陣獨掃千人軍。

【釋文】 形容人文思敏捷，文勢浩瀚，滔滔不絕，好像倒流奔騰的三峽長江水；書法自成陣勢，揮灑矯健，力掃千軍。

唐｜杜甫｜《醉歌行》

歐陽當日文名重，更要推敲畏後生。

【釋文】宋代的大文學家歐陽修，雖然文名滿天下，但在寫作時仍要字斟句酌，他的夫人勸他休息，他卻對夫人說道：我怕文章有毛病，被後世子孫恥笑啊！

清｜袁枚｜《遣興六首》之四

胸中歷歷着千年，筆下源源赴百川。

【釋文】能讀斷萬卷書，寫起文章來文思就不會枯竭，正像源頭的水不斷地奔向百川。

宋｜陳師道｜《送蘇迢》

清水出芙蓉，天然去雕飾。

【釋文】如出水芙蓉，明媚天然。用來稱讚別人文章沒有太多雕飾，清新自然。

唐｜李白｜《經亂離後天恩流夜郎憶舊游書懷贈江夏韋太守良宰》

庾信 ￼ 文章老更成，凌雲健筆意縱橫。

◼ 庾信：字子山，南北朝末期詩人兼詞賦家。

【釋文】庾信的作品在老年時期更為成熟，他的筆鋒雄健，氣勢凌雲，縱橫揮灑。

唐｜杜甫｜《戲為六絕句》之一

二、 詩歌

兩句三年得，一吟雙淚流。

[釋文] 雖然只有兩句詩，卻是經過三年思考才得來的；吟哦之時，便激動得淚水長流。形容寫詩作文的刻苦與動情。

唐｜賈島｜《題詩後》

天意君須會，人間要好詩。

[釋文] 上天的旨意你要知道，人間要的是好詩。

唐｜白居易｜《讀李杜詩集因題卷後》

不到西湖看山色，定應未可作詩人。

[釋文] 作家當以大自然為師，否則寫不出好作品。

宋｜晁沖之｜《送人游江南》

不是無端悲怨深，直將閱歷寫成吟。
可能十萬珍珠字，買盡千秋兒女心。

[釋文] 並非無緣無故產生深重的悲愁和怨恨，只是以自己的經歷為基礎寫成詩歌；將博得千秋萬代人們的共鳴。

清｜龔自珍｜《題紅禪室詩尾》

為人性僻耽佳句，語不驚人死不休。

【釋文】我的性情偏頗，特別喜歡寫詩琢句，如果寫不出驚人之語，那就至死也不肯罷休。

唐｜杜甫｜《江上值水如海勢聊短述》

池塘春草謝家 [1] 春，萬古千秋五字新。

[1] 謝家：指南北朝詩人謝靈運。謝靈運《登池上樓》詩中的名句是：「池塘生春草，園柳變鳴禽。」

【釋文】謝靈運的詩句「池塘生春草」這五個字，萬古千秋都使人感到樸素清新。

金｜元好問｜《論詩三十首》之二十九

閉門覓句非詩法，只是征行自有詩。

【釋文】關起門來苦思冥想，這不是寫詩的好辦法，只要通過旅行體驗就能寫出好詩來。

宋｜楊萬里｜《下橫山灘頭望金華山》

非詩能窮人，窮者詩乃工。

【釋文】並非寫詩就能使人陷入困境，但詩人經過困厄的磨難，可以把詩寫得更好。

宋｜蘇軾｜《僧惠勤初罷僧職》

詩句得活法 [1]，日月有新工 [2]。

[1] 活法：呂本中論及江西宗派時曾說：「靈均自得之，忽然有入，然後惟意所出，萬變不窮，是名活法。」

2 新工：黃庭堅詩：「杜郎覓句有新工。」

〔釋文〕 寫詩掌握了規律，其筆墨就能日新月異。

宋｜辛棄疾｜《水調歌頭‧賦松菊堂》

詩思出門何處無。

〔釋文〕 只要深入生活，細緻觀察，就會寫出詩來。

宋｜陸游｜《病中絕句》

須教自我胸中出，切忌隨人腳後行。

〔釋文〕 寫詩必須要有自己的風格、性情，切不可跟在別人後面模仿。

宋｜戴復古｜《論詩十絕》之四

請君莫奏前朝曲，聽唱新翻《楊柳枝》。

〔釋文〕 請閣下不要再彈奏前朝的舊曲了，聽我唱已經翻新了的《楊柳枝》吧。後多解為不泥古、不守舊，貴革新，重創造。

唐｜劉禹錫｜《楊柳枝詞九首》之一

莫言馬上得天下，自古英雄盡解詩。

〔釋文〕 不要說單靠武力就可以得到天下，自古以來有哪個英雄不懂詩呢？說明治理國家既要有武功，又要有文治。

唐｜林寬｜《歌風台》

文學・藝術

筆落驚風雨，詩成泣鬼神。

〔釋文〕筆落而使風雨驚歎，詩成而使鬼神哭泣。用於比喻文章感人。

唐｜杜甫｜《寄李十二白二十韻》

新詩改罷自長吟。

〔釋文〕新詩寫成後經過反復推敲修改放聲吟詠。

唐｜杜甫｜《解悶十二首》之七

三、欣賞

風入寒松聲自古，水歸滄海意皆深。

〔釋文〕像風吹入寒松一樣，詩風很古樸；像水歸滄海一樣，詩意很深厚。

唐｜劉威｜《歐陽示新詩因貽四韻》

妙香不比眾香同，鼻觀誰能絕流俗。

〔釋文〕海棠花香奇妙無比，不同於其他花香。但如果用鼻子去嗅它，也就不能擺脫流俗賞花的局限。比喻心靈美好才能看到美的本質。

明｜吳承恩｜《題沈青門寄畫海棠用東坡定惠院韻》

品畫先神韻，論詩重性情。

蛟龍生氣盡，不若鼠橫行。

〔釋文〕 鑒賞繪畫先要看其神韻，評價詩歌的高下要看其性情。這就好比蛟龍，若沒了精神，連一隻橫行的老鼠都不如。

清｜袁枚｜《品畫》

搖落深知宋玉 [1] 悲，風流儒雅亦吾師。

[1] 宋玉：戰國楚人，《楚辭》作家之一，有《九辯》傳世。

〔釋文〕 蕭瑟凋零，很理解宋玉悲秋之所在，他的道德學識堪為我師。

唐｜杜甫｜《詠懷古蹟五首》之二

四、繪畫

無間已得象，象外更生意。

〔釋文〕 在畫面的空白處已獲得景物意象，而在意象之外又產生了新意。

唐｜劉長卿｜《觀李湊所畫美人障子》

丹青難寫是精神。

〔釋文〕 便是最出色的畫師，也難描繪出人的精神。

宋｜王安石｜《讀史》

文學·藝術

始知丹青筆，能奪造化功。

〔釋文〕於是才知道高超的繪畫能絕妙地展現自然造化之精神。

唐｜岑參｜《劉相公中書江山畫障》

詩畫本一律，天工與清新。

〔釋文〕詩文與繪畫的本質是一致的，就是要自然清新。

宋｜蘇軾｜《書鄢陵王主簿所畫折枝二首》之一

覺來落筆不經意，神妙獨到秋毫顛。

〔釋文〕醒來作畫雖不經意，卻已達到了高超的境界。

宋｜蘇軾｜《鮮于子駿見遺吳道子畫》

能事莫促迫，快手多粗疏。

〔釋文〕作品要出色就不能時間上太倉促，出手太快的人往往粗疏。

宋｜陳師道｜《答無咎畫苑》

堂上不合生楓樹，怪底江山起煙霧。

〔釋文〕堂上不應該生長楓樹呀，更奇怪的是楓樹附近的江山，還煙霧繚繞。寫乍見劉少府所畫山水障（屏風）極為驚訝，簡直不相信自己的眼睛。

唐｜杜甫｜《奉先劉少府新畫山水障歌》

文學　藝術

五、音樂

大弦嘈嘈如急雨，小弦切切如私語。
嘈嘈切切錯雜彈，大珠小珠落玉盤。

〔釋文〕 大弦的聲音就像是大雨被疾風吹的聲音，小弦的聲音就像是兩個人在小聲聊天的聲音。大弦的聲音與小弦的聲音交錯着彈奏，就像是大珍珠和小珍珠落在玉做的盤子裏一般。寫出了琵琶女彈技的高超。

唐｜白居易｜《琵琶行》

萬曲不關心，一曲動情多。

〔釋文〕 極多的曲子，聽來無動於衷，唯有一曲引起人的強烈共鳴。

南朝·宋｜鮑照｜《代堂上歌行》

此曲只應天上有，人間能得幾回聞？

〔釋文〕 這樣美妙的曲子只能是天上才有，在人間能聽到幾次呢？

唐｜杜甫｜《贈花卿》

曲終人不見，江上數峰青。

〔釋文〕 湘靈早已隨風而去了，人們苦尋一番，沒找到半個人影，只見湘江上矗立着幾座青翠的山峰。

唐｜錢起｜《省試湘靈鼓瑟》

文學·藝術

曲終相顧起，日暮松柏聲。

[釋文] 舞罷曲終，舞女們彼此交換着眼神，無言而起；天色已經昏暗，高台上寂無所聞，只有遠處傳來陣陣吹過松柏的風聲。

南朝・梁｜何遜｜《銅雀妓》

別有幽愁暗恨生，此時無聲勝有聲。

[釋文] 另有幽怨憤恨的情緒籠罩着，這個時候「無聲」比「有聲」更能引起聽者的共鳴。

唐｜白居易｜《琵琶行》

哀箏 🔳 一弄湘江曲，聲聲寫盡湘波綠。

🔳 箏：一種弦樂器，唐宋時有十三根弦，後增至十六根，現發展到二十五根弦。

[釋文] 哀箏彈奏着湘江曲，曲調似湘江流水那樣如怨如訴，流瀉不絕。

宋｜晏幾道｜《菩薩蠻》

感心動耳，蕩氣回腸。

[釋文] 音樂極其感人。

三國・魏｜曹丕｜《大牆上蒿行》

六、書法

有時興酣發神機，抽毫點墨縱橫揮。

【釋文】興致濃時靈機勃發，隨手抽毫點墨，任情揮灑縱橫。

唐｜魯收｜《懷素上人草書歌》

興來一揮百紙盡。

【釋文】逸興來時，揮毫落墨，百紙嫌少。

宋｜蘇軾｜《石蒼舒醉墨堂》

時時只見龍蛇走。

【釋文】草書筆法像龍蛇一樣靈活飛動、變幻莫測。

唐｜李白｜《草書歌行》

忽然飛動更驚人，一聲霹靂龍蛇活。

【釋文】忽然抬腕運筆更是驚人，活脫像龍蛇一樣變化靈動。

唐｜吳融｜《贈蜑光上人草書歌》

揮毫落筆如雲煙。

【釋文】落筆處似雲煙渺渺，變化萬端。

唐｜杜甫｜《飲中八仙歌》

筆下龍蛇似有神。

〔釋文〕 筆下的字跡如龍蛇飛，神采斐然。

唐｜陸希聲｜《寄蟲光上人》

筆端變化妙入神。

〔釋文〕 筆端變化無窮，其精妙處入於神化之境。

明｜朱瞻基｜《草書歌》

七、工藝

巧剜（wān）明月染春水，輕旋薄冰盛綠雲。

〔釋文〕 那茶盞盛上茶水就像染上明月的春水，似薄冰盛上綠雲。

唐｜徐夤（yín）｜《貢余秘色茶盞》

織為雲外秋雁行，染作江南春水色。

〔釋文〕 那織成的圖案是高遠的秋雁似雲外飛行，染成的顏色似江南春水般碧綠。

唐｜白居易｜《繚綾》

敢將十指誇針巧，不把雙眉鬥畫長。

〔釋文〕 敢於用針線活兒顯示自己雙手的靈巧，不和人比畫雙眉誰畫得美。

唐｜秦韜玉｜《貧女》

春羅 [1] 雙鴛鴦 [2]，出自寒夜女。

[1] 春羅：唐代一種絲織品的名稱。

[2] 雙鴛鴦：指絲織品上的圖案。

【釋文】精美的紡織品是織女辛勤勞動的成果。

唐｜韋應物｜《雜體五首》之三

端州石硯人間重。

【釋文】端硯是人間的珍品。

唐｜劉禹錫｜《唐秀才贈端州紫石硯，以詩答之》

端州石工巧如神，踏天磨刀割紫雲。

【釋文】端州的石工技藝精巧如神，登上高入雲天的山峰去取深紫色的硯石。

唐｜李賀｜《楊生青花紫石硯歌》

經濟　財富

一、農事

小麥青青大麥枯，誰當獲者婦與姑。

〔釋文〕小麥還發着青色，大麥已經成熟了，誰來擔當收獲的任務呢？只有婆婆媳婦等女人們。

漢｜《桓帝時童謠歌二首》之一

無限旱苗枯欲盡，悠悠閒處作奇峰。

〔釋文〕農田裏多少禾苗都要乾旱死了，天上的雲卻悠閒得變幻成奇異的山峰。

唐｜來鵠｜《雲》

在暖須在桑，在飽須在耕。
君子貴弘道，道弘無不亨。

〔釋文〕想要有衣服穿，就得栽桑；想要吃飽飯，就得耕田。君子把農業放在第一位，所以永遠充裕。

唐｜聶夷中｜《客有追歎後時者，作詩勉之》

時人不識農家苦，將謂田中穀自生。

〔釋文〕一些人不知道種田人的辛苦，以為穀子是田裏自己長出來的。

唐｜顏仁郁｜《農家》

相見無雜言，但道桑麻長。

【釋文】見了面沒有別的甚麼話，只說說莊稼的長勢。

晉｜陶淵明｜《歸田園居五首》之二

誰知盤中餐，粒粒皆辛苦。

【釋文】感歎糧食來之不易。

唐｜李紳｜《憫農二首》之一

綠遍山原白滿川，子規 [1] 聲裏雨如煙。
鄉村四月閒人少，才了蠶桑又插田。

[1] 子規：杜鵑鳥。

【釋文】山野全是綠油油的，河水映着天光白茫茫的，杜鵑啼鳴，黃梅雨落。鄉村四月格外繁忙，蠶事剛剛結束，插秧又開始了。

宋｜翁卷｜《鄉村四月》

雉雊（gòu）麥苗秀，蠶眠桑葉稀。

【釋文】野雞鳴叫聲裏，麥子揚花了；蠶臥而不食將蛻皮時，桑樹的葉子也被吃得稀疏了。

唐｜王維｜《渭川田家》

稻花香裏說豐年，聽取蛙聲一片。

【釋文】夜風送來了陣陣稻花的清香，水塘邊，一片蛙聲，彷彿在告訴人們今年要豐收了。

宋｜辛棄疾｜《西江月·夜行黃沙道中》

二、商業

遠養遍關市，深利窮海陸。

^{釋文} 商人到遠處人稠物阜的地方做買賣，牟取高額利潤，足跡遍及水陸。

南朝‧宋｜鮑照｜《觀圃人藝植》

雖有數斗玉，不如一盤粟。

^{釋文} 縱然有幾斗玉，也沒有一盤糧食可貴。極言糧食之貴重。

唐｜李白｜《書懷贈南陵常贊府》

美人首飾侯王印，盡是沙中浪底來。

^{釋文} 美人的首飾和王侯的金印，所用的金子都是勞動人民辛辛苦苦從浪底沙中淘洗出來的。

唐｜劉禹錫｜《浪淘沙九首》之六

宣城太守知不知？一丈毯，千兩絲！地不知寒人要暖，少奪人衣作地衣！

^{釋文} 宣城的太守你知道嗎？織一丈地毯就需要一千兩蠶絲！沒有生命的土地又不怕冷，而人卻需要穿暖和，你就少做些剝奪人衣做地毯的缺德事吧！

唐｜白居易｜《紅線毯》

巢許 [1] 蔑四海，商賈爭一錢。

[1] 巢許：巢父、許由，都是傳說中的隱者，他們不願意統治天下。唐堯想把帝位讓給他們，他們堅決不受。

【釋文】巢父、許由不把富有四海的統治權放在眼裏，而商販卻為一個錢爭執不休。

三國·魏｜曹植｜《樂府詩》殘句

賈（gǔ）客無定遊，所遊惟利並。

【釋文】商人的活動沒有一定的地方，哪裏有利可圖就到哪裏去。

唐｜劉禹錫｜《賈客詞》

三、百工

白頭灶戶低草屋，六月煎鹽烈火旁。
走出門前炎日裏，偷閒一刻是乘涼。

【釋文】白髮鹽工的低矮的茅屋中，六月天在烈火邊煮鹽。走出門外站在炎熱的太陽下偷閒片刻就算乘涼了。

清｜吳嘉紀｜《絕句》

君看一葉舟，出沒風波裏。

【釋文】你看那猶如一片樹葉的小船，在風浪中搏鬥，一會兒顛上來，一會兒淹沒在浪花中。道出漁人的艱辛。

宋｜范仲淹｜《江上漁者》

辛苦日多樂日少，水宿沙行如海鳥。

逆風上水萬斛重，前驛迢迢波淼淼。

【釋文】辛苦的日子多，快樂的日子少。晚上在水上住宿，白天在沙上行走，碰到頂風逆水的時候，船像有千萬斛那樣沉重，而前面的路程卻又是那樣的遙遠。

唐｜王建｜《水夫謠》

林園手種唯吾事，桃李成蔭歸別人。

【釋文】栽好樹建好園林那是我的事，至於享受勞動成果那是別人的事。

唐｜耿湋（wéi）｜《代園中老人》

賣過巷東家，巷西家。

【釋文】賣花人的擔子雖小，卻挑着春光，各色各樣的鮮花朵朵都好看，他賣過街巷東邊，又來到街巷西邊。寫賣花人辛勤地把春光送遍了街巷。

宋｜蔣捷｜《昭君怨·賣花人》

爐火照天地，紅星亂紫煙。

【釋文】冶煉爐中火光把天地照亮了，通紅的火星與衝天的紫煙交織在一起。

唐｜李白｜《秋浦歌十七首》之十四

煙浪濺篷寒不睡,更將枯蚌點漁燈。

〔釋文〕 到了晚上,釣魚人回到小船裏,細浪濺濕了船篷,感到寒冷睡不着,於是在蚌殼中添油、點着漁燈。寫清苦的漁家生活。

唐｜皮日休｜《釣侶二章》之二

善賈笑鹽漁,巧宦賤農牧。

〔釋文〕 會做生意的商人恥笑養鹽人和漁民,巧於鑽營、貪贓枉法的官吏看不起農牧民。

南朝‧宋｜鮑照｜《觀圃人藝植》

四、剝削

一叢深色花,十戶中人賦。

〔釋文〕 一叢紅牡丹,就值十戶中等人家交納的賦稅。形容統治者勇奢極慾。

唐｜白居易｜《買花》

無力買田聊種水,近來湖面亦收租。

〔釋文〕 農民沒有能力買地耕種,只好靠種菱過活,但是近來湖面也要交租了。

宋｜范成大｜《四時田園雜興》

天地莫施恩，施恩強者得。

【釋文】農民一年辛辛苦苦，好不容易獲得豐收，但豐收之後，一切又被富豪奪走，仍一無所獲。

唐｜邵謁｜《歲豐》

六月禾未秀，官家已修倉。

【釋文】六月裏禾苗還沒開花，官府就修倉庫準備收稅了。

唐｜聶夷中｜《田家二首》之一

遍身羅綺者，不是養蠶人！

【釋文】那些全身上下都穿着綾羅綢緞的人，恰恰都不是養蠶的人。

宋｜張俞｜《蠶婦》

蓬萊 [1] 有路教人到，應亦年年稅紫芝 [2]。

[1] 蓬萊：指傳說中海外三仙山之一，此處指神仙世界。

[2] 紫芝：紫色的靈芝，神仙世界的產物。

【釋文】如果仙境也能有路可通，年年也得用紫芝之類的物品交納賦稅。諷刺朝廷收稅盤剝很重，無孔不入。

唐｜陸龜蒙｜《新沙》

五、奢侈

一騎紅塵妃子笑，無人知是荔枝來。

〔釋文〕 一匹馬兒飛奔而來，楊貴妃就笑了，沒有人知道是荔枝來了。

唐｜杜牧｜《過華清宮》

長安城中多熱官，朱門日高未啓關。
重重幃箔施屏山，中酒不知屏外寒。

〔釋文〕 京城裏的富門豪族很多，太陽高照，他們還緊關着大門。屋子裏掛着幾層暖簾，又安放着屏風，他們日夜飲酒作樂，絲毫不關心屏風之外的老百姓及邊塞士兵的疾苦。

宋｜劉克莊｜《苦寒行》

歷覽前賢國與家，成由勤儉破由奢。

〔釋文〕 翻閱史書，國家的成敗、前人的得失，其根源都在勤儉或奢侈。

唐｜李商隱｜《詠史》

西江賈客珠百斛，船中養犬長食肉。

〔釋文〕 西江來的商人擁有很多財富，連船中養的狗都常常吃肉。

唐｜張籍｜《野老歌》

朱門酒肉臭，路有凍死骨。

【釋文】富貴人家酒肉多得吃不完而腐臭，窮人們卻在街頭因凍餓而死。

唐｜杜甫｜《自京赴奉先縣詠懷五百字》

君王遊樂萬機輕，一曲霓裳四海兵。

【釋文】君主追求淫逸，將國計民生的大事看得很輕，結果引來了安史之亂。

唐｜李約｜《過華清宮》

黃金百鎰 **1** 盡，資用常苦多。

1 鎰（yì）：古代的重量單位，合古代的二十兩（一說二十四兩）。

【釋文】百鎰黃金都花得精光，正是由於資用太多的緣故啊！

晉｜阮籍｜《詠懷八十二首》其五

六、貧窮

日典春衣非為酒，家貧食粥已多時。

【釋文】每日典當春衣並不是為了沽酒，而是因為家貧無飯吃。

宋｜秦觀｜《春日偶題呈上尚書錢丈》

可憐身上衣正單，心憂炭賤願天寒。

〔釋文〕可憐賣炭翁身上衣服這麼單薄，但仍然希望天氣更冷一些；因為他擔心一旦天氣轉暖，炭就賣不到好價錢了。

唐｜白居易｜《賣炭翁》

四海無閒田，農夫猶餓死！

〔釋文〕天下都沒有閒着的荒地，農民還有餓死的。

唐｜李紳｜《憫農二首》之二

田家衣食無厚薄，不見縣門身即樂。

〔釋文〕農家吃飯穿衣好壞都沒關係，只要不因交不足官稅去縣衙門就安生了。

唐｜王建｜《田家行》

飢來驅我去，不知竟何之。

〔釋文〕飢餓驅使我出門討要，但又不知到哪裏去。

晉｜陶淵明｜《乞食》

全家都在西風裏，九月衣裳未剪裁。

〔釋文〕因為窮困，全家人都在忍受寒冷的西風裏，九月了過冬的棉衣還沒着落。

清｜黃景仁｜《都門秋思四首》之三

食薺腸亦苦，強歌聲無歡。

[釋文] 吃薺菜的人，連腸子也覺得苦澀；心中有苦勉強唱歌的人，他的歌聲也不會歡快。

唐｜孟郊｜《贈別崔純亮》

夏日抱長飢，寒夜無被眠。

[釋文] 夏天日子長，更是飢餓難捱，冬天寒冷的夜晚則無被子禦寒入眠。

晉｜陶淵明｜《怨詩楚調示龐主簿鄧治中》

陶盡門前土，屋上無片瓦。
十指不沾泥，鱗鱗居大廈。

[釋文] 把自己門前的土都製成陶器的人，他們的住房上連一片瓦都沒有；而那些養尊處優、十指從不沾泥的人，他們豪華的房屋上覆蓋着像魚鱗那麼密的瓦片。

宋｜梅堯臣｜《陶者》

路有飢婦人，抱子棄草間。

[釋文] 那路邊上坐着一個面帶菜色的婦人，無奈地把自己親生孩子扔到了草叢中。

三國・魏｜王粲｜《七哀詩三首》之一

痴女飢咬我，啼畏虎狼聞。

〔釋文〕不懂事的女兒飢餓難耐只有咬我，真害怕她啼哭被虎狼聽見。

唐｜杜甫｜《彭衙行》

暖得曲身成直身。

〔釋文〕炭火暖得我凍得蜷曲的身子伸直了。謂家貧無資取暖，寒冷難耐。

唐｜孟郊｜《答友人贈炭》

囊空恐羞澀，留得一錢看。

〔釋文〕衣袋裏空空如也，恐怕在人前感到難為情，所以留下一個小錢在衣袋裏看守。

唐｜杜甫｜《空囊》

寒者願為蛾，燒死彼華膏 [1] 。

[1] 華膏：華美的燈燭。

〔釋文〕明知飛蛾撲火會被燒死，但也願為蛾，燒死在華燈下。寫老百姓為飢寒所迫極其絕望的心情。

唐｜孟郊｜《寒地百姓吟》

四時　節日

一、春

雲霞出海曙，梅柳渡江春，淑氣催黃鳥，晴光轉綠。

〔釋文〕海上升騰的雲霞帶來曙色，江南先發的梅柳已報陽春。和風催促着黃鶯的歌聲，麗日閃動着綠的光影。

唐｜杜審言｜《和晉陵陸丞早春游望》

無可奈何花落去，似曾相識燕歸來。

〔釋文〕眼前花落委地，令人無可奈何。忽見燕子翩翩飛，似曾相識，原是去年舊燕，今又歸來。

宋｜晏殊｜《浣溪沙·一曲新詞酒一杯》

天街 [1] 小雨潤如酥 [2]，草色遙看近卻無。

[1] 天街：京城的街道。

[2] 酥：酥油，動物乳汁製品。

〔釋文〕京都的街道上小雨下得像酥油一樣滋潤，春草乍生未生，遠看似有近看卻無。

唐｜韓愈｜《早春呈水部張十八員外二首》之一

不肯畫堂朱戶，春風自在楊花。

〔釋文〕楊花在春風中自在飄飛，不流連於富貴人家。寫暮春景色。

宋｜王安石｜《清平樂》

長恨春歸無覓處，不知轉入此中來。

【釋文】怨恨春去無情，卻不知道偷偷地躲到這裏來了。

唐｜白居易｜《大林寺桃花》

今夜偏知春氣暖，蟲聲新透綠窗紗。

【釋文】冬天過去了，蟲子彷彿感到了暖和的春氣，它們的叫聲又重新透過綠窗紗傳到了屋裏。

唐｜劉方平｜《夜月》

風乍起，吹皺一池春水。

【釋文】輕風突然吹來，池塘春水泛起了波紋。

五代·南唐｜馮延巳｜《謁金門》

東方風來滿眼春。

【釋文】東風吹來，映入眼中的，無處不是春意盎然。

唐｜李賀｜《河南府試十二月樂詞十三首》之三

半壕春水一城花。煙雨暗千家。

【釋文】護城河裏流着半溝春水，城中到處開着春花，而城裏的無數房屋在輕煙細雨中模模糊糊的，已經看不清晰了。

宋｜蘇軾｜《望江南·超然台作》

竹外桃花三兩枝，春江水暖鴨先知。

^{釋文} 兩三枝粉紅的桃花伸在翠綠的竹葉外面，那下邊流着的江水已在變暖，最早知道這些的該是那在江水中嬉戲的鴨子吧。

宋｜蘇軾｜《惠崇春江晚景》

問春何苦匆匆，帶風伴雨如馳驟。

^{釋文} 春天為甚麼如此匆忙，帶着風雨飛馳而去？

宋｜晁補之｜《水龍吟·問春何苦匆匆》

江春不肯留歸客，草色青青送馬蹄。

^{釋文} 江南春色不留行客，只見青青的野草隨馬蹄而遠去。

唐｜劉長卿｜《送李判官之潤州行營》

陽春二三月，草與水同色。

^{釋文} 二三月的大好春光裏，草和水都是淺綠色的。

晉｜樂府古辭｜《孟珠二曲》之二

陽春白日風花香。

^{釋文} 晴天照着麗日，四野吹拂着和風，萬紫千紅的花兒芬芳襲人。

晉｜樂府古辭｜《晉白紵（zhù）舞歌詩三首》之三

紅樹青山日欲斜，長郊草色綠無涯。

遊人不管春將老，來往亭前踏落花。

【釋文】落日映照着滿樹的紅花，蒼翠的山巒，一望無際的郊野綠草油油。好游的人不管暮春已到，仍然被豐樂亭的景致所吸引，絡繹不絕地前來觀賞。

宋｜歐陽修｜《豐樂亭遊春》

紅杏梢頭掛酒旗，綠楊枝上囀黃鸝。

【釋文】黃鶯在綠楊樹枝上婉轉歌唱，紅杏枝頭酒旗招展。

明｜唐寅｜《杏林春燕》

杜宇 [1] 一聲春曉。

[1] 杜宇：傳說蜀國君主杜宇因喪國之痛，死後化為杜鵑鳥，春日悲啼不止，因而杜鵑又名杜宇。

【釋文】一覺醒來，杜鵑聲聲，天已亮了。

宋｜蘇軾｜《西江月·頃在黃州》

花褪殘紅青杏小。燕子飛時，綠水人家繞。

【釋文】花落了，枝頭露出小小的青杏。燕子飛過，綠水繞房流去。

宋｜蘇軾｜《蝶戀花·春景》

昔去雪如花，今來花似雪。

【釋文】 上次離去時，雪像花一樣地飄落，如今再度前來，花開得像雪一般的白豔。

南朝｜范雲｜《別詩二首·其一》

若道春風不解意，何因吹送落花來。

【釋文】 如果說春風不理解人的情意，為甚麼吹送落花來。

唐｜王維｜《戲題盤石》

雨橫風狂三月暮，門掩黃昏，無計留春住。

【釋文】 在風雨交加的三月末，黃昏時獨自掩上房門，春天即將過去，再也無法挽留了。

宋｜歐陽修｜《蝶戀花·庭院深深幾許》

臥聞百舌 [1] 呼春風，起尋花柳村村同。

[1] 百舌：鳥名，全身黑色。黃嘴，善於模擬各種鳥的聲音。

【釋文】 躺在家裏聽見百舌鳥在春風裏啼叫，起身去城外尋春，到處都已花紅柳綠了。

宋｜蘇軾｜《安國寺尋春》

金谷[1]年年，亂生春色誰為主。餘花落處，滿地和煙雨。

[1] 金谷：古地名，在今河南洛陽東北，晉代石崇在此建別墅名金谷園。

【釋文】每年春風吹到金谷，碧草就欣欣遍野了；殘花落盡的時候，春草就常與細雨輕煙融成一片，長得更加茂盛了。

宋｜林逋｜《點絳唇・金谷年年》

波渺渺，柳依依。孤村芳草遠，斜日杏花飛。

【釋文】江水不盡流逝，柳條隨風搖擺；一座孤零零的村莊，綠草如茵伸展向遠方，夕陽中杏花飄落。

宋｜寇準｜《江南春・波渺渺》

歸來笑拈梅花嗅，春在枝頭已十分。

【釋文】重返家園，將梅花拿在手指間輕轉，偶然一嗅，哎！禁不住暗笑自己——就在這眼前的枝頭上，春意正熱鬧十分。

宋｜某尼｜《悟道詩》

春日遊，杏花吹滿頭。

【釋文】春意盎然的時節出去遊玩，盛開的杏花隨風飄落在我的頭上。

五代・前蜀｜韋莊｜《思帝鄉・春日遊》

春風不解禁楊花，濛濛亂撲行人面。

〔釋文〕春風也不知道禁止柳絮，吹拂得漫天飄舞，時不時撲向行人的臉上。

宋｜晏殊｜《踏莎行》節選

春風自恨無情水，吹得東流竟日西。

〔釋文〕春風恨那一去不復返的無情春水，吹得它盡日從東流向西。

宋｜蘇軾｜《往年宿瓜步夢中得小詩錄示民師》

春風如醇酒，着物物不知。

〔釋文〕春風猶如美味的酒，不知不覺地滋潤着萬物。

宋｜程致道｜《過紅梅閣一首》

春來遍是桃花水，不辨仙源何處尋。

〔釋文〕春天來了，正是桃花汛期，遍地都是奔流的春水，辨不清避世隱居的世外桃源在哪裏。

唐｜王維｜《桃源行》

春色撩人，愛花風如扇，柳煙成陣。

〔釋文〕百花盛開的春天，清風像一面巨大的扇子在搖動，送來陣陣撲鼻的花香。一排排成蔭的柳樹，像雲煙一樣濃綠。

清｜洪昇｜《長生殿·褉遊》

春色滿園關不住，一枝紅杏出牆來。

【釋文】園門雖然關得很緊，但那滿園的春色卻是關不住的，有一枝紅杏花不是出牆來了麼？

宋｜葉紹翁｜《遊園不值》

春城無處不飛花，寒食東風御柳斜。

【釋文】暮春時候，長安處處飄絮又飛花。寒食節日，春風吹得皇家花園柳枝歪斜。

唐｜韓翃｜《寒食》

春眠不覺曉，處處聞啼鳥。
夜來風雨聲，花落知多少？

【釋文】春夜短暫，一覺醒來，天已大明，鳥聲陣陣傳入室內。憶及昨夜風雨交加，不禁為萬紫千紅擔憂，不知多少春花又被打落？

唐｜孟浩然｜《春曉》

春潮帶雨晚來急，野渡無人舟自橫。

【釋文】傍晚，春水因下雨而急漲起來，郊野的渡口沒有人，只見一隻渡船隨意漂浮在水面上。

唐｜韋應物｜《滁州西澗》

柳下桃蹊，亂分春色到人家。

【釋文】柳樹下面，桃林路上，飛絮飄動，落紅片片，都將明豔的春光哄哄地呈現到人間。

宋｜秦觀｜《望海潮·洛陽懷古》

柳絲長，春雨細，花外漏聲 **1** 迢遞 **2** 。

> **1** 漏聲：古代以銅壺盛水，底穿孔，壺上立箭，上刻度數，壺中水以漏漸減，箭上刻度漸漸顯露，以此計時。

> **2** 迢遞（tiáo dì）：遙遠的樣子。

【釋文】 柳絲纖纖，春雨綿綿，滴漏之聲從遙遙的花外傳來。

唐｜溫庭筠｜《更漏子·柳絲長》

殘雪暗隨冰筍滴，新春偷向柳梢歸。

【釋文】 從冰凌的融化看到冬天已悄悄過去，在柳樹枝頭看到春天已偷偷歸來。

宋｜張耒｜《春日》

鶯初解語，最是一年春好處。微雨如酥，草色遙看近卻無。

【釋文】 黃鶯開始啼叫，這是一年中最好的初春季節；細雨像乳酪一樣滋潤着春草，遠看草色綠茵茵一片，近看反而消失了。

宋｜蘇軾｜《減字木蘭花·鶯初解語》

原來姹紫嫣紅開遍，似這般都付與斷井頹垣。良辰美景奈何天，賞心樂事誰家院！

【釋文】 豔麗的花兒開遍了人間，像這麼美好的春光，都付予了斷井頹垣。面對美景，能夠內心感到愉快、百事歡樂的是哪一家呢？

明｜湯顯祖｜《牡丹亭·驚夢》

鴨頭春水濃如染，水面桃花弄春臉。

（釋文）春水濃綠好像染過一般，映照水面的桃花隨風擺動，搖曳多姿。

宋｜蘇軾｜《送別》

誰家玉笛暗飛聲，散入春風滿洛城。

（釋文）不知從誰家飛出的笛聲滲透在春風裏，傳遍了整個洛陽城。

唐｜李白｜《春夜洛城聞笛》

夢回鶯囀，亂煞年光遍。人立小庭深院。炷盡沉煙，拋殘繡線，恁今春關情似去年？

（釋文）鶯囀歌喉，繚亂的春光到處都是。看到如此美好的光景，我站立在庭院裏深深沉思。熏香已燃盡，只有香煙低沉，且扔掉那讓人生厭的女紅，如此大好的春色怎麼能像去年那樣過呢？

明｜湯顯祖｜《牡丹亭·驚夢》

雪消門外千山綠，花發江邊二月晴。

（釋文）門外的冰雪已經消融，千山已經換上了新裝。江邊二月晴朗的日子裏，春花已經開放。

宋｜歐陽修｜《春日西湖寄謝法曹歌》

做冷欺花，將煙困柳，千里偷催春暮。

〔釋文〕細雨輕寒，侵襲了春花，霧氣迷蒙，籠罩着嫩柳。江南無邊無際的春雨悄悄地送走了春天。

宋｜史達祖｜《綺羅香·咏春雨》

斜陽冉冉春無極。

〔釋文〕夕陽漸漸地落去，余暉仍托襯着無邊無際的春色。

宋｜周邦彥｜《蘭陵王·柳》

寄語洛城 **1** 風日 **2** 道，明年春色倍還人。

1 洛城：洛陽城。

2 風日：泛指春光風物。

〔釋文〕對着洛陽城美麗的春景說，今年的春光匆促來去，雖令人傷心惆悵，但春光明年還會回來，到時它會更加明豔動人。

唐｜杜審言｜《春日京中有懷》

寂寞空庭春欲晚，梨花滿地不開門。

〔釋文〕暮春時節，空庭寂寞，梨花滿地，無人來過問，連門也終日不開。

唐｜劉方平｜《春怨》

堤上遊人逐畫船，拍堤春水四垂天。綠楊樓外出鞦韆。

【釋文】 堤上踏青賞春的人隨着畫船行走，溶溶春水不斷地拍打着堤岸，上空天幕四垂水天相接。綠楊成蔭的臨水人家傳出的笑語喧鬧之聲，彷彿看到了鞦韆上嬌美的身影。

宋｜歐陽修｜《浣溪沙·堤上遊人逐畫船》

落盡梨花春又了。滿地殘陽，翠色和煙老。

【釋文】 梨花落盡，標誌着春天過去了。夕陽照在大地上，一日又近黃昏，草色在暮靄中漸漸由嫩綠變得有些蒼老了。

宋｜梅堯臣｜《蘇幕遮·草》

等閒 **1** 識得東風面，萬紫千紅總是春。

1 等閒：輕易。

【釋文】 很容易地欣賞到百花盛開，萬紫千紅的春色。

宋｜朱熹｜《春日》

暖風抽宿麥，清雨捲歸旗。

【釋文】 和煦的春風吹得麥苗拔節，細雨輕風使歸旗漫卷。

唐｜韓愈｜《奉和兵部張侍郎酬鄆州馬尚書祇召途中見寄開緘之日馬帥已再領鄆州之作》

錦江 [1] 春色來天地，玉壘 [2] 浮雲變古今。

[1] 錦江：在今四川成都附近。

[2] 玉壘：山名，在今四川都江堰市西。

【釋文】錦江春色從四面八方來到天地之間，玉壘山風雲變幻，彷彿瞬間就成了古今。

唐｜杜甫｜《登樓》

數聲啼鳥，報到花開了。

【釋文】春鳥幾聲鳴叫，向人們報告說，花已經開放了。

明｜吳承恩｜《點絳唇》

滿目山河空念遠，落花風雨更傷春。不如憐取眼前人。

【釋文】望着滿目的山河徒然思念遠方的親人，風雨中飄零的花朵更引起惜春的煩悶。這些是空泛不着邊際的，倒不如愛惜身邊的人吧。

宋｜晏殊｜《浣溪沙·向年光有限身》

二、夏

風吹古木晴天雨，月照平沙夏夜霜。

【釋文】晴天時，風吹古木啪啪作響，猶如雨聲一般。夏夜裏，月光撒滿了平地，就跟秋霜一樣。

唐｜白居易｜《江樓夕望招客》

紛紛紅紫已成塵，布穀聲中夏令新。

【釋文】春花已凋零成塵，在布穀鳥的叫聲中已進入了夏季。

宋｜陸游｜《初夏絕句》

夜來南風起，小麥覆隴黃。

【釋文】昨天夜裏一場南風吹過，小麥鋪滿壟溝，一片焦黃。

唐｜白居易｜《觀刈麥》

三、秋

一千里色中秋月，十萬軍聲半夜潮。

【釋文】中秋月色，猶如浩浩江水，一瀉千里；半夜潮聲，彷彿十萬軍馬，奔騰前進。

唐｜李廓｜《憶錢塘》

山色淺深隨夕照，江流日夜變秋聲。

【釋文】山色的淺深，隨着夕陽的明暗變化而不同；江水日夜流動的聲響，隨着時令的夏去秋來的變化而不同。

清｜宋琬｜《九日同姜如龍、王西樵、程穆倩諸君登慧光閣飲於竹圃分韻》

無邊落木蕭蕭下，不盡長江滾滾來。

〔釋文〕無邊無際的林木，樹葉蕭蕭飄落；無窮無盡的長江，江水滾滾而來。

唐｜杜甫｜《登高》

木落江渡寒，雁還風送秋。

〔釋文〕樹葉紛紛而落，江邊渡口寒冷淒清。大雁南飛，北風呼嘯着將秋天送來。

南朝·宋｜鮑照｜《登黃鶴磯》

長風吹白茅，野火燒枯桑。

〔釋文〕平原上大風吹拂着白茅，野火燃燒了枯萎的桑樹，是一幅深秋原野的景色圖。

唐｜岑參｜《至大梁卻寄匡城主人》

水浸碧天何處斷，霽色冷光相射。

〔釋文〕遠水與碧天連成一片，天空的晴色與秋水的冷光互相映照。

宋｜張昇（biàn）｜《離亭燕·一帶江山如畫》

水涵空，欄杆高處，送亂鴉斜日落漁汀。
連呼酒、上琴台去，秋與雲平。

〔釋文〕登高憑闌眺望，遠處水空相連，眼見亂鴉歸巢，夕陽漸落漁汀。連忙呼酒，再登上峰頂的琴台。

此時，頓覺天空更加高曠，秋雲似乎與視線相平了。

宋｜吳文英｜《八聲甘州·靈岩陪庾諸公遊》

石脈水流泉滴沙，鬼燈如漆點松花。

[釋文] 石縫裏滲出的泉水滴入沙地，鬼火如墓中漆燈，花朵似的點綴着松林。

唐｜李賀｜《南山田中行》

江漢光翻千里雪，桂花香動萬山秋。

[釋文] 長江漢水一帶的江面月光流動，好像翻滾着千里白雪。桂花的香氣飄揚四方，帶動了萬山秋色。

明｜謝榛｜《中秋宴集》

關城樹色催寒近，御苑砧聲向晚多。

[釋文] 潼關一帶草木搖落，標誌着寒冷天的到來，傍晚長安城的搗衣聲在秋風中聲聲傳來。

唐｜李頎｜《送魏萬之京》

遠上寒山石徑斜，白雲生處有人家。
停車坐愛楓林晚，霜葉紅於二月花。

[釋文] 一條彎彎曲曲的小路蜿蜒伸向山頂，在白雲飄浮的地方有幾戶人家。停下來欣賞這楓林的景色，那火紅的楓葉比江南二月的花還要紅。

唐｜杜牧｜《山行》

四時·節日

金風細細，葉葉梧桐墜。綠酒初嘗人易醉，一枕小窗濃睡。

〔釋文〕秋風徐徐吹來，梧桐葉一片一片地飄落。嘗嘗那剛開壇的綠酒，便倒頭在窗下酣睡。

宋｜晏殊｜《清平樂·金風細細》

空山新雨後，天氣晚來秋。
明月松間照，清泉石上流。

〔釋文〕空寂的山林一場新雨過後，微微涼氣襲來已是秋天傍晚時分。明月升起向松間灑下銀白的光輝，清清泉水在石頭上潺潺流過。

唐｜王維｜《山居秋暝》

秋山斂余照，飛鳥逐前侶。
彩翠時分明，夕嵐無處所。

〔釋文〕秋天傍晚，山巒已收斂起落日的余暉，鳥兒飛翔追逐前邊的伴侶。鮮豔翠綠的色彩時而還看得清，山林中的霧氣飄忽不定。

唐｜王維｜《木蘭柴》

秋風吹不盡，總是玉關情。

〔釋文〕秋風颯颯，吹不盡對衛戍在玉門關外的丈夫的情思。

唐｜李白｜《子夜吳歌·秋歌》

秋風生渭水[1]，落葉滿長安。

[1] 渭水：發源於甘肅，橫貫陝西渭河平原，在潼關縣入黃河。

【釋文】秋風吹拂着蜿蜒的渭河水，落葉蕭蕭灑滿了長安城。

唐｜賈島｜《憶江上吳處士》

裊裊兮秋風，洞庭波兮木葉下。

【釋文】在縷縷秋風的吹拂下，洞庭湖面泛起微瀾，湖邊的樹葉紛紛飄落。

戰國｜屈原｜《楚辭·九歌·湘夫人》

煙中列岫青無數，雁背夕陽紅欲暮。

【釋文】在煙靄繚繞中，遠處排立着無數青翠的山巒。夕陽的餘輝，照映在空中飛雁的背上，反射出一抹就要暗淡下去的紅色。

宋｜周邦彥｜《玉樓春》

梧桐昨夜西風急，淡月朧明，好夢頻驚，何處高樓雁一聲？

【釋文】昨夜秋風猛颳着梧桐樹，朦朧的月光照進屋裏來。多次從夢中驚醒，獨臥高樓，只聽見不知何處的鴻雁發出的淒厲的叫聲。

宋｜晏殊｜《採桑子·時光只解催人老》

四時　節日

悲哉秋之為氣也！蕭瑟兮草木搖落而變衰！

〔釋文〕秋天的氣氛是多麼悲慘啊！草木凋零，在秋風中搖曳，發出乾枯的聲響。

戰國｜宋玉｜《楚辭·九辯》

橫空過雨千峰出，大野新霜萬葉枯。

〔釋文〕冷雨過後，遠山羣峰橫空而出。新霜降在廣闊的原野上，所有的樹葉都枯黃了。

唐｜耿湋｜《九日》

四、冬

一川松竹任橫斜。有人家，被雲遮。雪後疏梅，時見兩三花。

〔釋文〕在一片松竹橫斜的山坳裏，住有人家，但被繚繞的雲氣遮住了。此時只見那雪後的梅花朵朵閃爍。

宋｜辛棄疾｜《江城子·博山道中書王氏壁》

天寒色青蒼，北風叫枯桑。

〔釋文〕天氣寒冷，臉色變成了深青色，凜冽的北風呼嘯在無葉的枯桑中。

唐｜孟郊｜《苦寒吟》

天寒遠山淨，日暮長河急。

〔釋文〕 清寒的天氣中，遠山顯得更加明淨。黃昏時分，一片寂靜，黃河的水流聲顯得更加急促。

唐｜王維｜《齊州送祖三》

凍雲連海色，枯木助風聲。

〔釋文〕 好像已經凝凍了的冬雲和灰蒙蒙的大海連在一起，枯木的嗚嗚聲好像在助長寒風的聲威。

明｜許宗魯｜《遼左雪中登樓》

明月照積雪，朔風勁且哀。

〔釋文〕 明月高懸照着茫茫積雪，強勁的北風發出淒厲的聲音。

南朝·宋｜謝靈運｜《歲暮》

秋盡江南葉未凋。晚雲高，青山隱隱水迢迢。

〔釋文〕 江南的秋末冬初，樹木還沒有凋零，晚間浮雲高翔，青山隱約，江水流向無際的遠方。

宋｜賀鑄｜《太平時》

淒淒歲暮風，翳翳（yì）經日雪。
傾耳無希聲，在目皓已潔。

【釋文】 一年即將結束，吹拂的北風令人感到淒涼，雪下了一整天，遮蓋了天空，視線也變得昏暗。傾耳聆聽，幾乎聽不到下雪的聲音，但在不知不覺間，眼前已經滿是白雪那明亮而潔淨的身影。

晉｜陶淵明｜《癸卯歲十二月中作與從弟敬遠》

野雲萬里無城郭，雨雪紛紛連大漠。

【釋文】 這裏沒有城邑，只有一望無際的黃雲，朔風捲着飛雪與茫茫沙漠連成一片。

唐｜李頎｜《古從軍行》

臘後花期知漸近，寒梅已作東風信。

【釋文】 臘月過了，花盛開的日子漸漸接近，那枝頭的寒梅不是已帶來了春天的消息嗎？

宋｜晏殊｜《蝶戀花》

霜嚴衣帶斷，指直不得結。

【釋文】 撲落滿身寒霜，斷了衣帶，想結上它，指頭卻凍得僵硬，冷得打不上結。

唐｜杜甫｜《自京赴奉先縣詠懷五百字》

五、春節

今歲今宵盡，明年明日催。

寒隨一夜去，春逐五更來。

[釋文] 過了今夜這一年就完了，明天又開始了新的一年。
寒冬也隨着今夜去了，五更過後春天就要來臨了。

唐｜史青｜《應詔賦得除夜》

事關休戚已成空，萬里相思一夜中。

[釋文] 新年伊始，往事的喜憂，都已隨波逐流，一去不
返，對遠方親人的思念都寄託在除夕一夜了。

唐｜來鵠｜《除夜》

明年豈無年，心事恐蹉跎。

[釋文] 明年難道再沒有年節？只怕心事又會照舊失差。

宋｜蘇軾｜《守歲》

故歲今宵盡，新年明旦來。

[釋文] 舊的一年在今夜就要過去，新的一年明天就要到
來。

唐｜張說｜《欽州守歲》

故鄉今夜思千里，霜鬢明朝又一年。

[釋文] 除夕夜晚，在燈下思念遠在千里之外的故鄉。長
年在外流浪，如今年紀已大，鬢髮早已雪白如霜。

今夜過後，明天又是新的一年，我又將增添一歲。

唐｜高適｜《除夜作》

乾坤空落落，歲月去堂堂。

【釋文】天地是如此空曠，一年就這樣去了。

宋｜文天祥｜《除夜》

六、元宵

萬家燈火分明月，幾處笙歌雜暖風。

【釋文】元宵佳節的夜晚，萬家燈火，明月普照，處處笙歌齊奏，春風送暖。

元｜王懋德｜《元宵》

火樹銀花合，星橋鐵鎖開 [1]。

[1] 鐵鎖開：《大唐新語》卷八《文章》內記載，唐神龍年間，正月十五上元節，京城裏「盛飾燈影之會，金吾弛禁，特許夜行」，橋上也開了鐵鎖，任人通行。

【釋文】明燈錯落，園林深處映射出燦爛的光芒，簡直像明豔的花朵一樣。在正月十五這天，平日禁行的橋上的鐵鎖打開了，任人通行。

唐｜蘇味道｜《正月十五夜》

七、清明

佳節清明桃李笑，野田荒塚只生愁。

〔釋文〕 清明時節桃李爭豔，生機勃勃。然而，野田荒蕪
之處，卻是埋葬着死者的墓地，祭掃的人心裏倍
加難過。

宋｜黃庭堅｜《清明》

清明時節雨紛紛，路上行人欲斷魂。
借問酒家何處有，牧童遙指杏花村。

〔釋文〕 清明節細雨紛紛，只見路上行人失魂落魄。何處
沽得一壺酒呢？忽見一牧童，上前打聽，他遙指
着遠方，那裏有杏花村的酒肆。

唐｜杜牧｜《清明》

清明千萬家，處處是年華。

〔釋文〕 千家萬戶都在過清明節，人世間處處都是春天的
景象。

唐｜楊巨源｜《清明日后土祠送田徹》

八、端午

千載賢愚同瞬息，幾人湮沒幾垂名。

〔釋文〕 相對於千年來說，一個人無論是賢能還是愚鈍，
都只是一眨眼的時間而已，這其中有多少人湮沒

無名，又有幾人名垂青史呢？

唐｜殷堯藩｜《端午日》

節分端午自誰言，萬古傳聞為屈原。

【釋文】端午節是因誰才有的，亙古以來的說法是：兩千年前的這一天屈原自沉於汨羅江。

唐｜文秀｜《端午‧節分端午誰言》

好將沉醉酬佳節。十分酒，一分歌。

【釋文】美酒待到佳節之時暢飲沉醉，最快活的莫過於一邊飲酒，一邊歌吟。

宋｜蘇軾｜《少年遊‧端午贈黃守徐君猷》

競渡深悲千載冤，忠魂一去詎能還。國亡身殞今何有，只有《離騷》在世間。

【釋文】龍舟競渡，人們傷歎這千古冤情，忠魂逝去怎能再回來呢？楚國滅亡了，你也死去了，現在遺留下的還有甚麼呢？只有《離騷》還在人世流傳罷了。

宋｜張耒｜《和端午》

淡妝濃抹，西湖人面兩奇絕。菖蒲角黍家家節。

【釋文】無論淡雅還是濃豔，西湖和美人的臉面一樣，都是兩兩奇絕。這一天家家戶戶門插菖蒲、包粽子

過端午節。

宋｜趙長卿｜《醉落魄‧重午》

九、中秋

今夜月明人盡望，不知秋思在誰家？

〔釋文〕人們都在望着今夜的明月，盡情享受這團圓的天倫之樂，但這秋夜的愁思究竟會落到哪戶人家呢？

唐｜王建｜《十五夜望月杜郎中》

目窮淮海滿如銀，萬道虹光育蚌珍。

〔釋文〕目光盡處，淮海之上波光粼粼，料想那珠蚌一定趁此月色孕育珍珠呢。

宋｜米芾（fú）｜《中秋登望海樓》

暮雲收盡溢清寒，銀漢無聲轉玉盤。
此生此夜不長好，明月明年何處看。

〔釋文〕夜幕降臨，雲氣收盡，天地間充滿了寒氣。銀河流瀉無聲，皎潔的月亮今天像個碩大的白玉盤在轉動。這一生像今夜這麼美麗的月亮很少看到，明年中秋月圓時我又在哪裏呢？

宋｜蘇軾｜陽關曲《中秋月》

十、重陽

一為重陽上古台，亂時誰見菊花開。

[釋文] 我因為重陽節登上了荒古的高台。在這離亂之世，誰還能欣賞盛開的菊花呢？

唐｜杜荀鶴｜《重陽日有作》

九月九日望遙空，秋水秋天生夕風。

[釋文] 重陽節的傍晚，我登上玄武山，仰望長空，只見水天一色，風陣陣襲來。

唐｜邵大震｜《九日登玄武山旅眺》

幾回為客逢佳節，曾見何人再少年。

[釋文] 客居他鄉幾次遇到重陽節？友人相見又有幾人還是昔年模樣？

唐｜鮑溶｜《九日與友人登高》

又是過重陽，台榭登臨處，茱萸香墮。紫菊氣，飄庭戶，晚煙籠細雨。

[釋文] 又逢重陽節了，登上台榭，茱萸香和着紫菊香，飄進庭院，戶外的暮煙細雨正輕輕飄蕩。

五代·南唐｜李煜｜《謝新恩·冉冉秋光留不住》

自從九月持齋（zhāi）戒，不醉重陽十五年。

【釋文】 自從九月份開始進行齋戒，我已有十五年沒有在重陽節酣暢一醉了。

唐｜白居易｜《閏九月九日獨飲》

獨在異鄉為異客，每逢佳節倍思親。
遙知兄弟登高處，遍插茱萸少一人。

【釋文】 自己獨自漂泊在遙遠的他鄉，每逢佳節來臨，思鄉懷親之情也會倍加銘心刻骨。我在遙遠的他鄉可以想到：兄弟們成羣結伴，登高飲酒，佩插茱萸。他們就因缺了我一個，也會感到一種無法團聚的遺憾。

唐｜王維｜《九月九日憶山東兄弟》

重陽不忍上高樓，寒菊年年照暮秋。

【釋文】 重陽節不忍心登上高樓，寒風中綻放的菊花年年映照着深秋。

唐｜劉兼｜《重陽感懷》

南北　城鄉

一、城邑

二十四橋 [1] 千步柳，春風十里上珠簾。

> [1] 二十四橋：在江蘇揚州。關於二十四橋有兩種說法，一說是有二十四座橋；另一說是橋名，即指吳家磚橋，又名紅藥橋，傳說曾有二十四個美女在此吹簫，故名二十四橋。

> 釋文　二十四橋飛架水上，處處綠柳成蔭，揚州城裏春風吹拂，家家掛上的珠簾隨風飄舞。

宋｜韓琦｜《維揚好》

二十四橋明月夜，玉人何處教吹簫。

> 釋文　揚州二十四橋在明月下更顯有韻味了，你在何處教玉人吹簫取樂呢？

唐｜杜牧｜《寄揚州韓綽判官》

十年一覺揚州夢 [1]，贏得青樓薄幸 [2] 名。

> [1] 揚州夢：是指杜牧在揚州為淮南節度使牛僧孺幕府掌書記時，縱情酒色的生活。

> [2] 薄幸：負心。

> 釋文　回想在揚州十年的往事，恍如夢幻，到頭來只在秦樓楚館裏面掙得一個薄情郎的名聲。

唐｜杜牧｜《遣懷》

三條九陌 **1** 麗城隈，萬戶千門平旦開。

1 九陌：漢時長安城中的九條大道，後泛指都城中的大路。《三輔黃圖》卷二記載長安城中有八街九陌。

【釋文】 長安城內街道縱橫，房舍輻輳，人煙稠密。

唐｜駱賓王｜《帝京篇》

車如流水馬如龍，花月正春風。

【釋文】 車馬往來不絕，繁華熱鬧。春風和煦，花好月圓。

五代 · 南唐｜李煜｜《望江南》

天下三分明月夜，二分無賴是揚州。

【釋文】 如果天下有三分月色，那麼揚州就佔了兩分。

唐｜徐凝｜《憶揚州》

江南佳麗地，金陵帝王州。

【釋文】 江南是美女薈萃的地方，金陵乃帝王定都之所在。

南朝 · 齊｜謝朓（tiǎo）｜《入朝曲》

紅袖織綾誇柿蒂，青旗沽酒趁梨花。

【釋文】 紅袖翻飛，綾紋綺麗；梨花飄香，酒旗相招。

唐｜白居易｜《杭州春望》

南北 城鄉

花外軒窗排遠岫，竹間門巷帶長流。
風物更清幽。

〔釋文〕從花外窗戶遠望，只見峰巒排列，近處門外竹葉邊長長的溪流，風景越加清靜幽雅。

宋｜韓琦｜《安陽好》

遙夜沉沉如水，風緊驛亭深閉。

〔釋文〕長夜深沉得像水一樣，風呼呼地颳着，驛站的門緊緊地關着。

宋｜秦觀｜《如夢令·遙夜沉沉如水》

二、田園

牛羊下山小，煙火隔雲深。

〔釋文〕傍晚牛羊下山漸漸遠去，隱沒於暮色中；遠處山村炊煙升起，隨着夜色漸濃，炊煙模糊了。

唐｜錢起｜《題玉山村叟屋壁》

田父草際歸，村童雨中牧。

〔釋文〕莊稼漢踏着野草回來了，鄉下的孩子還在頂着雨放牧。

唐｜王維｜《宿鄭州》

眾鳥欣有托，吾亦愛吾廬。

〔釋文〕 眾鳥為有依託之所而欣喜，我也愛戀自己的廬舍。

晉｜陶淵明｜《讀〈山海經〉十三首》之一

江上柳如煙，雁飛殘月天。

〔釋文〕 柳色如煙，殘月在天，大雁飛過。

唐｜溫庭筠｜《菩薩蠻》

遠村雲裏出，遙船天際歸。

〔釋文〕 遠處的村落在雲裏出現，遠處的船隻從天邊歸來。

南朝·梁｜蕭繹｜《出江陵縣還二首》之一

近人積水無鷗鷺，時有歸牛浮鼻過。

〔釋文〕 積水離人住處太近，鷗鷺不來，只有夜歸的耕牛從中露出鼻子渡過。

宋｜黃庭堅｜《病起荊江亭即事》

春晚綠野秀，岩高白雲屯。

〔釋文〕 春深的時節，郊野一片濃綠，顯得很美。山石高高地聳立，白雲聚集在山石的周圍，毫不移動。

南朝·宋｜謝靈運｜《入彭蠡湖口》

綠樹村邊合，青山郭外斜 (xiá)。

〔釋文〕 村莊隱在綠樹林中，村莊外橫着一片青山。

唐｜孟浩然｜《過故人莊》

南北　城鄉

渡頭余落日，墟裏上孤煙。

【釋文】落日余暉灑滿渡頭，村裏一縷炊煙冉冉上升。

唐｜王維｜《輞川閑居贈裴秀才迪》

寒鴉飛數點，流水繞孤村。

【釋文】寒天的烏鴉遠飛而去，只能望到幾個黑點。一彎
溪水圍繞着孤零零的村落，不斷地向前流動。

隋｜楊廣｜《野望》

湖上蕭蕭疏雨過，山頭靄靄暮雲橫。
陂塘水落荷將盡，城市人歸虎欲行。

【釋文】湖上蕭蕭的秋風吹來稀疏的雨點，遠處山頂上晚
雲密集。池塘裏水淺了荷花凋零了。野外已沒有
行人，是老虎將要出來的時候了。

宋｜蘇軾｜《九月中曾題二小詩於南溪竹上，既而忘之。昨日再遊，見而錄之》
之一

三、塞北

九月天山風似刀，城南獵馬縮寒毛。

【釋文】九月邊塞寒風吹來就如刀割，在城南馳騁狩獵的
戰馬也凍得寒毛緊縮。

唐｜岑參｜《趙將軍歌》

大漠沙如雪，燕山月似鈎。

【釋文】 燕然山的月亮彎如鈎，在月光照耀下，大漠沙塵如雪片般紛飛。

唐｜李賀｜《馬詩·大漠沙如雪》

大漠孤煙直，長河落日圓。

【釋文】 沙漠裏孤煙直上，黃河邊上落日正圓。

唐｜王維｜《使至塞上》

山南山北雪晴，千里萬里月明。明月，明月，胡笳（jiā）■ 一聲愁絕。

■ 胡笳：少數民族的一種樂器。

【釋文】 山南山北都積滿了白雪，放晴後的深夜，明月當空，天下一片銀白。此時，一聲悲涼的胡笳傳了過來，真叫人愁倒。

唐｜戴叔倫｜《轉應詞》

天蒼蒼，野茫茫，風吹草低見（xiàn）牛羊。

【釋文】 天色蒼蒼，田野茫茫。在那廣大的草原上，一陣風吹過，野草低伏下去，到處都可以看到成羣的牛羊。

北齊｜《敕勒歌》

火雲滿山凝未開，飛鳥千里不敢來。

【釋文】火燒雲聚集在山上久久不散，飛鳥看到山像是在燃燒，不敢靠近。

唐｜岑參｜《火山雲歌送別》

四面邊聲連角起，千嶂裏，長煙落日孤城閉。

【釋文】軍中號角一吹，邊地的悲涼之聲隨之而起。層層山峰的環抱裏，軍營的炊煙升起來了。夕陽西下的時候，孤零零的城池也關上了城門。

宋｜范仲淹｜《漁家傲》

回樂烽 [1] 前沙似雪，受降城 [2] 下月如霜。

[1] 回樂烽：唐代有回樂縣，靈州治所，在今寧夏回族自治區靈武縣西南。回樂烽即當地山峰。一作「回樂烽」，指回樂縣附近的烽火臺。

[2] 受降城：唐時受降城有三處，中城在朔州，西城在靈州，東城在勝州，這裏指西城。

【釋文】回樂烽前的白沙像雪一樣，西城一帶月光如同青霜。

唐｜李益｜《夜上受降城聞笛》

角聲滿天秋色裏，塞上燕脂凝夜紫。

【釋文】秋天的傍晚，號角聲充滿長空。晚霞映照着戰場，天光和山色都黯淡了。

唐｜李賀｜《雁門太守行》

沙飛朝似幕，雲起夜疑城。

【釋文】早晨風沙颮起，天色昏暗得就像在帳篷裏，夜晚黑雲驟起，宛如一座座城池。

南朝·梁｜蕭綱｜《隴西行三首》之二

河源怒觸風如刀，剪斷朔雲天更高。

【釋文】黃河發源地河水咆哮，如刀般的狂風把邊塞浮雲吹散了，天顯得更高了。

唐｜溫庭筠｜《寒塞行》

羌笛何須怨楊柳，春風不度玉門關。

【釋文】羌笛何必吹奏《折楊柳》曲調來埋怨春色來遲呢？要知道，玉門關外的楊柳得不到春風的吹拂啊！

唐｜王之渙｜《涼州詞二首》之一

迷路，迷路，邊草無窮日暮。

【釋文】根本無法找到歸去的道路，看到的只是暮色下的連天的邊草。

唐｜韋應物｜《調笑令·胡馬》

疾風衝塞起，沙礫自飄揚。
馬毛縮如蝟，角弓不可張。

【釋文】暴風直衝邊塞颮起來了，沙石被颮得隨風飄揚。戰馬因冷而蜷縮，馬毛直立如同刺蝟。鑲角的弓僵硬，失去彈性，以致掛不上弓弦了。

南朝·宋｜鮑照｜《代出薊北門行》

黃塵足今古，白骨亂蓬蒿。

【釋文】自古以來這裏黃塵迷漫，烈風不息。極目展望，別無所見，唯有森森白骨與蓬蒿零亂混雜。

唐｜王昌齡｜《塞下曲四首》之二

寒不能語，舌捲入喉。

【釋文】凍得說不出話來，舌頭都蜷縮到了喉嚨裏。

北朝｜《隴頭歌辭·朝發欣城》之二

四、江南

人人盡道江南好，遊人只合江南老。

【釋文】凡是到過江南的人都說江南的風光無限美好，離家遠遊的人只願跟着江南一起蒼老。

五代·前蜀｜韋莊｜《菩薩蠻》

千里鶯啼綠映紅，水村山郭酒旗風。
南朝四百八十寺 [1]，多少樓台煙雨中。

[1] 四百八十寺：南朝皇帝和大官僚好佛，在京城（今南京市）大建佛寺。據《南史·郭祖深傳》：「都下佛寺五百餘所。」這裏說四百八十寺，是唐時留下的大概數字。

【釋文】花紅柳綠，鶯啼燕語。水村山郭，酒旗迎風，更有許多金碧輝煌的廟宇，在蒙蒙煙雨中交相輝映。

唐｜杜牧｜《江南春》

日出江花紅勝火，春來江水綠如藍。能不憶江南？

〔釋文〕太陽出來照紅了江花，光彩奪目。江水青碧，好像靛青一樣。這樣如畫的江南春景，怎叫人不懷念呢？

唐｜白居易｜《憶江南》

水光瀲灩晴方好，山色空濛雨亦奇。欲把西湖比西子，淡妝濃抹總相宜。

〔釋文〕太陽照在湖水上，波光閃閃，晴天西湖上的景色美極了。一會兒下起雨來，那迷迷茫茫的湖山景色也十分奇幻迷人。無論是晴天或雨天，那西湖的景色都美不勝收，就像那美女西施一樣，不管是淡妝還是濃抹，總是跟她的美貌相協調。

宋｜蘇軾｜《飲湖上初晴後雨》

汀洲採白，日落江南春。

〔釋文〕水濱洲畔，有人正採拾白，這正是暮春時刻的江南美景。

南北朝·梁｜柳惲｜《江南曲》

江南三月，猶有枝頭千點雪。

〔釋文〕江南的三月，還有白色的梨花像雪一樣壓滿枝頭。

宋｜仲殊｜《減字木蘭花》

閒夢江南梅熟日，夜船吹笛雨瀟瀟。人語驛邊橋。

【釋文】夢中又回到了梅熟時的江南，彷彿又在靜謐的雨夜中，聽到船中笛聲和驛邊人語。

唐｜皇甫松｜《憶江南》

松排山面千重翠，月點波心一顆珠。

【釋文】山中松樹如同千重翡翠，排在西湖周圍，湖中明月像一顆大明珠一樣點綴着湖心。

唐｜白居易｜《春題湖上》

春雨斷橋人不度，小舟撑出柳陰來。

【釋文】春雨後河水陡漲，把橋也淹沒了，行人難以走過，好在有人將船從柳陰中搖了出來。

宋｜徐俯｜《春日遊湖上》

真乃上有天堂，下有蘇杭。

【釋文】真是天上有美麗的天堂，地下有美麗的蘇杭。

元｜奧敦周卿｜《雙調蟾宮曲·咏西湖》

五、行旅

月落烏啼霜滿天，江楓漁火對愁眠。
姑蘇城外寒山寺，夜半鐘聲到客船。

〔釋文〕 月亮漸漸落下去，滿天霜落，只聽到烏鴉啼叫。
夜泊的人面對江楓和漁火，愁思起伏，不能入睡，
聽到寒山寺半夜鐘聲，陣陣傳了過來。

唐｜張繼｜《楓橋夜泊》

白雲如有意，萬里望孤舟。

〔釋文〕 白雲漂浮萬里，好像很有情意地陪伴孤舟遠行，
安慰着舟中的天涯遊子。

唐｜劉長卿｜《上湖田館南樓憶朱宴》

枯藤老樹昏鴉，小橋流水人家，古道西風
瘦馬。夕陽西下，斷腸人在天涯。

〔釋文〕 遠望黃昏時的烏鴉，正在尋覓枯藤老樹，以便於
棲息。近處有依傍着小橋和流水而居的人家，眼
前只有一匹瘦馬馱着漂泊的遊子。秋風中，在古
道上慢慢移步。夕陽正在落下，羈旅在外漂泊的
斷腸人浪跡天涯。

元｜馬致遠｜《天淨沙‧秋思》

南北　城鄉

草雜今古色，岩留冬夏霜。

[釋文] 舊年的草和今日的草呈現着不同的顏色，間雜在一起。冬季的霜和夏天的霜長年不融，陳陳相因，凝積在山石上。

南朝·齊｜孔稚珪（guī）｜《旦發青林》

雞聲茅店月，人跡板橋霜。

[釋文] 雄雞啼鳴，殘月卻仍懸於天際。清冷的月光伴着早行人的腳步踏上旅途，鋪滿銀霜的店前木板小橋上，已經留下行人的足跡。

唐｜溫庭筠｜《商山早行》

柴門聞犬吠，風雪夜歸人。

[釋文] 暮色蒼茫，寒冷的村舍的籬笆門中傳來狗叫的聲音。風雪交加的晚上，累了一天的旅客，頂風冒雪投宿來了。

唐｜劉長卿｜《逢雪宿芙蓉山主人》

遊子久不歸，不識陌與阡 [1] 。

[1] 陌與阡：田間小路。東西向的叫「陌」，南北向的叫「阡」。

[釋文] 遊子久居在外不歸故鄉，連道路都辨認不出了。

三國·魏｜曹植｜《送應氏二首》之一

潮落夜江斜月裏，兩三星火是瓜洲。

【釋文】 近處潮水初落，明月斜照。遠處有兩三點星火在閃爍，那一定是瓜洲吧！

唐｜張祜｜《題金陵渡》

天地　自然

一、山

山色不厭遠，我行隨處深。

〔釋文〕 山色美好，使人迷戀不已，不管走了多少路，都不嫌遠。我沿着山路，曲曲折折，信步來到了山的深處。

唐｜錢起｜《游輞川至南山，寄谷口王十六》

日出遠岫明，鳥散空林寂。

〔釋文〕 日出之後，遠處的山巒明亮了。鳥兒飛散了，樹林寂靜起來。

隋｜楊素｜《山齋獨坐贈薛內史二首》之一

平山 [1] 欄檻倚晴空，山色有無中。

[1] 平山：平山堂。當時歐陽修任揚州太守，因欣賞這裏的清幽古樸，於是在這裏築堂。

〔釋文〕 平山堂倚欄望晴空，只見山色時隱時現。

宋｜歐陽修｜《朝中措·平山堂》

地拔雙崖起，天餘一線青。

〔釋文〕 兩邊是拔地而起的懸崖峭壁，在峽中只看見青天一線。

明｜潘問奇｜《金棺峽》

卻有一峰忽然長，方知不動是真山。

【釋文】忽然遠處有一山漸漸高大，仔細一看才知那是變幻着的雲彩，而不動的才是真正的山峰。

宋｜楊萬里｜《曉行望雲山》

陰風搜林山鬼嘯，千丈寒藤繞崩石。

【釋文】陰冷的風颳過山林發出山鬼呼嘯似的淒厲聲音，高崖上藤蘿纏繞着崩裂欲墜的大石。

宋｜黃庭堅｜《上大蒙籠》

南山塞天地，日月石上生。

【釋文】終南山到處是懸崖峭壁，森羅萬象，大有充塞天地的氣勢，彷彿日月是從石上生起的。

唐｜孟郊｜《遊終南山》

帶雪復銜春，橫天佔半秦。

【釋文】終南山的山陰和山頂還覆蓋着冰雪時，山陽和山腳卻已春意盎然了。它高峻雄偉，橫絕長空，佔據半個秦地。

唐｜張喬｜《終南山》

春山華潤秋山瘦，雨山點黯晴山秀。

【釋文】春天的山枝葉茂盛，色澤濃郁。秋天草木凋零後，山的稜角突出，如同消瘦一般。雨天的山輪廓不清，晴天的山清俊美麗。

宋｜楊萬里｜《題黃才叔看山亭》

獨上高樓雲渺渺，天涯一點青山小。

釋文 獨自登上高樓，只見雲煙渺茫，天盡頭的青山小得只有一點。

宋｜王詵（shēn）｜《蝶戀花》

惟天有設險，劍門 **1** 天下壯。

> **1** 劍門：又名劍閣、劍門關，在劍州（今四川劍閣縣）大劍山、小劍山之間。《山堂肆考·大劍小劍》載：「其山峭壁中斷，兩崖相嶔，如門之辟，如劍之植，故又名劍山。」

釋文 好像是天故意製造出來的險峻，劍門稱得上是天下雄壯的關口。

唐｜杜甫｜《劍門》

密林含余清，遠峰隱半規。

釋文 茂密的樹林尚含着雨後的清涼，遠處的山峰已隱沒了半個太陽。

南朝·宋｜謝靈運｜《遊南亭》

疏峰時吐月，密樹不開天。

釋文 羣山擋住皓月，如同把皓月吞沒了。月亮只有運行到山峰稀疏的地方才露露頭，好像山峰把月亮吐了出來。那茂密的樹木卻嚴嚴實實地遮着蒼天，如同把天緊緊地封閉起來，不肯為它撥開一點兒縫隙。

南朝·梁｜吳均｜《登壽陽八公山》

楚國 [1] 蒼山古，幽州 [2] 白日寒。

[1] 楚國：穆陵關（今湖北麻城縣北）一帶屬古楚國地域，概指江南。

[2] 幽州：州治今北京，是安史叛亂巢穴，以後又長期淪於藩鎮割據之下。

【釋文】楚地總算青山依舊，想那幽州的白天該是灰白而苦寒的吧。

唐｜劉長卿｜《穆陵關北逢人歸漁陽》

蜀道之難，難於上青天！

【釋文】四川的道路非常險峻，要想通過比登天還難。

唐｜李白｜《蜀道難》

疊嶂西馳，萬馬迴旋，眾山欲東。

【釋文】一層層起伏的山峰好像萬馬向西奔騰，忽兒又迴旋向東。

宋｜辛棄疾｜《沁園春》

二、水

一道殘陽鋪水中，半江瑟瑟半江紅。

【釋文】斜陽照射在江面上，波光粼粼，一半呈現出深深的碧色，一半呈現出紅色。

唐｜白居易｜《暮江吟》

天地　自然

**八月湖水平，涵虛混太清。氣蒸雲夢澤 [1]，
波撼岳陽城 [2]。**

[1] 雲夢澤：古大澤，在湖北境內。

[2] 岳陽城：岳陽風土，「蓋城據湖（洞庭湖）東北，湖面百里，常多西南風，夏秋水漲，濤聲喧如萬鼓，晝夜不息。」

〔釋文〕八月的湖水上漲，差不多跟湖岸平了。天空映照在水裏，如同被湖水所包容，遠處天水合一，混同不可分辨。雲蒸霞蔚，波濤洶湧，籠罩着雲夢澤，搖撼着岳陽古城。

唐｜孟浩然｜《望洞庭湖贈張丞相》

九曲黃河萬里沙，浪淘風簸自天涯。

〔釋文〕彎曲的黃河夾帶着泥沙萬里奔流，風浪濤濤好似從天而下。

唐｜劉禹錫｜《浪淘沙九首》之一

飛流直下三千尺，疑是銀河落九天·

〔釋文〕壯觀的瀑布從高處急衝直流而下，使人懷疑這是從天上傾瀉下來的銀河。

唐｜李白｜《望廬山瀑布水二首》之二

**無風水面琉璃滑，不覺船移。微動漣漪。
驚起沙禽掠岸飛。**

〔釋文〕無風時西湖的水面就像玻璃那樣光滑，感覺不到船行。只見湖面細小的水波微微在動，驚起水鳥

貼着湖岸飛起。

宋｜歐陽修｜《採桑子》

日月之行，若出其中。星漢燦爛，若出其裏。

【釋文】不斷運行的日月和燦爛發光的銀河，都好像是從滄海裏升出來的。

東漢｜曹操｜《步出夏門行·觀滄海》

日落江湖白，潮來天地青。

【釋文】夕陽西下了，晚霞的絢爛也已消失，水面上只有白茫茫的一片。晚潮湧來，江水猛漲，碧水和藍天連成一片，好像青色充塞着天地。

唐｜王維｜《送邢桂州》

天地　自然

有如兔走鷹隼落，駿馬下注千丈坡。
斷弦離柱箭脫手，飛電過隙珠翻荷。

【釋文】（那忽然下落的長洪水勢）像狡兔急奔逃命，像鷹隼從空中飛速下來襲擊獵物，像駿馬從千丈高坡衝下來。又像繃斷的箏瑟之弦突然離柱，像弦上的箭從手裏飛出去，像電光從空隙裏閃過，像露珠從荷葉上很快地滾下去。

宋｜蘇軾｜《百步洪二首》之一

舟如空裏泛，人似鏡中行。

【釋文】船好像浮泛在天空中，人如同行進在鏡子裏。

南朝·陳｜釋慧標｜《詠水三首》之三

行雲卻在行舟下，空水澄鮮。
俯仰留連。疑是湖中別有天。

【釋文】天光水色澄澈清新，仰頭看天，俯身弄水，美景悅人，使人留戀不捨。青天映入碧水，飄動的雲霞，反映在浮動的船隻底下，使人想到湖水裏另有一個天空。

宋｜歐陽修｜《採桑子》節選

孤帆遠影碧空盡，唯見長江天際流。

【釋文】孤船漸漸遠去，帆影漸漸小了，最後看不見了。只見天際碧空，長江東流，水天一色。

唐｜李白｜《黃鶴樓送孟浩然之廣陵》

客來夢覺知何處，掛起西窗浪接天。

【釋文】作客一覺醒來不知在甚麼地方。西窗打開，掛起窗簾只見江水洶湧，勢欲接天。

宋｜蘇軾｜《南堂五首》之五

浙江 [1] 八月何如此？濤似連山噴雪來。

[1] 浙江：即今天的錢塘江。

【釋文】 錢塘江的八月大潮比起這裏的浪濤怎麼樣？濤高似山，一個接一個，如白雪般噴薄而來。

唐｜李白｜《橫江詞六首》之四

浪花有意千里雪，桃花無言一隊春。

【釋文】 船邊浪花翻滾如白雪一般，一望千里。春天裏，岸上桃李花默默地爭相開放。

五代·南唐｜李煜｜《漁父》

海上濤頭一線來，樓前指顧雪成堆。

【釋文】 海上的濤頭初來時像一條線，一會兒工夫就變成了雪堆一樣。

宋｜蘇軾｜《望海樓晚景五絕》之一

黃河落天走東海，萬里寫入胸懷間。

【釋文】 黃河像是從天而落，咆哮而下，流奔東海。它萬里傾瀉，直入心懷，胸襟開闊，氣概昂揚。

唐｜李白｜《贈裴十四》

欲識潮頭高幾許，越山渾在浪花中。

【釋文】 要知道潮頭有多高嗎，那越山簡直就埋在浪花裏了。

宋｜蘇軾｜《八月十五日看潮五絕》之二

天地　自然

落日千帆低不度，驚濤一片雪山來。

〔釋文〕夕陽西下，白帆低垂，船隻都停泊在江邊，驚濤猶如一片雪山奔湧而來。

明｜李攀龍｜《送子相歸廣陵》其七

樓觀滄海日，門對浙江潮。

〔釋文〕登樓觀看東海日出，開門即見錢塘江大潮洶湧之勢。

唐｜宋之問｜《靈隱寺》

遙原樹若薺 [1]，遠水舟如葉。

[1] 薺：薺菜，嫩株、嫩葉可食用。

〔釋文〕遠處原野的樹木如同薺菜一樣矮，遠處水中的船隻就像樹葉那樣小。

隋｜薛道衡｜《敬酬楊僕射山齋獨坐》

疑是崆峒 (kōng tóng) [1] 來，恐觸天柱 [2] 折。

[1] 崆峒：山名，在甘肅平涼。

[2] 天柱：古代神話傳說，不周山是支撐天的天柱。據說共工和顓頊 (zhuān xū，傳說中上古帝王名) 鬥爭，怒而觸不周山，把天柱碰斷了。

〔釋文〕（從涇渭兩水中漂來的巨大冰塊）讓人疑心是崆峒山過來的，真擔心它們會把天柱撞斷。

唐｜杜甫｜《自京赴奉先縣詠懷五百字》

潮平兩岸闊，風正一帆懸。

〔釋文〕 潮水漲滿與岸連平，更顯得長江下游水面寬闊。風勢很順，正好可以揚帆遠航。

唐｜王灣｜《次北固山下》

三、山水

一條雪浪吼巫峽，千里火雲燒益州。

〔釋文〕 一條似雪的浪濤從巫峽當中咆哮而過，千里如火的雲霞在成都上空燃燒不止。

唐｜李商隱｜《送崔玨往西川》

十里青山遠，潮平路帶沙。

〔釋文〕 秋高氣爽，看得見遠處的青山。潮水退去了，路上還留着漲潮時卷來的泥沙。

宋｜仲殊｜《南柯子·十里青山遠》

三山 [1] 半落青天外，二水中分白鷺洲 [2]。

[1] 三山：金陵城西長江邊上有三峰並列，南北相連，故名三山。

[2] 白鷺（lù）洲：在秦淮河之上，洲上多白鷺，故名。

〔釋文〕 我站在鳳凰台上，看着遠處的三山，屹然聳立在青天之外，白鷺洲把秦淮河隔成兩條水道。

唐｜李白｜《登金陵鳳凰台》

萬里橋西一草堂，百花潭 **1** 水即滄浪 **2** 。

1 百花潭：即浣花溪。

2 滄浪：指滄浪水。《孟子·離婁上》：「《孺子歌》曰：滄浪之水清兮，可以濯我纓；滄浪之水濁兮，可以濯我足。」

〔釋文〕 成都南門外的萬里橋西，建有一座草堂。過橋向東的浣花溪，流水清澈就像滄浪水一樣。

唐｜杜甫｜《狂夫》

山光悅鳥性，潭影空人心。

〔釋文〕 山光使鳥的性靈變得歡悅，潭影使人的內心平靜曠達。

唐｜常建｜《題破山寺後禪院》

山隨平野盡，江入大荒流。

〔釋文〕 高山隨着平原的展現而不復見，大江滔滔不絕流過廣闊的原野。

唐｜李白｜《渡荊門送別》

雲開巫峽千峰出，路轉巴江一字流。

〔釋文〕 雲消霧散，巫峽兩岸羣峰峭立。長江水路到巫山巴東附近，便成一字形穿過巫峽。

明｜吳文泰｜《送人之巴蜀》

長白峰高塵漠漠，渾河 [1] 水落草離離。

[1] 渾河：即小遼河。發源於遼寧省清原縣東南，流經撫順、瀋陽，在營口南注入渤海。

【釋文】 長白山山峰高聳，在漫天的塵土中依稀可辨。渾河水退後，兩岸青草茂密。

明｜陳子龍｜《遼事雜詩八首》之三

長淮 [1] 忽迷天遠近，青山久與船低昂。

[1] 長淮：指淮河。

【釋文】 淮河上煙雨迷茫，看不見蒼天。從船窗望去，只看到青山隨着船忽起忽落而時低時高，就這樣持續了很久。

宋｜蘇軾｜《出潁口初見淮山是日至壽州》

水回青嶂合，雲度綠溪陰。

【釋文】 水在轉彎的時候，人眼看不到水流了，兩岸高險的青山好像合在一起。由於有雲彩飄過，綠色的溪面立即陰沉下來。

唐｜孟浩然｜《武陵泛舟》

可惜不當湖水面，銀山堆裏看青山。

【釋文】 遺憾的是在樓上，不能正對着洞庭湖水面，看不到湖面上的君山如在銀山堆裏的奇妙景象。

宋｜黃庭堅｜《雨中登岳陽樓望君山二首》之二

白雲抱幽石，綠筱 ■ 媚清漣。

■ 筱：小竹子。

(釋文) 白雲環抱着遠處隱避的山石，綠竹在清澈的微有波紋的水邊顯得妍美悅人。

南朝‧宋｜謝靈運｜《過始寧墅》

江間波浪兼天湧，塞上風雲接地陰。

(釋文) 峽中的江水波濤洶湧，波浪滔天；塞上的風雲陰沉密佈，彷彿和地面貼近。

唐｜杜甫｜《秋興八首》之一

江流天地外，山色有無中。

(釋文) 舉目眺遠，江面廣闊，水勢浩瀚，江水好像流出天地之外。煙霧迷茫飄浮，遠山若隱若現。

唐｜王維｜《漢江臨眺》

兩岸青山相對出，孤帆一片日邊來。

(釋文) 船行時，兩岸相對的青山好像迎面而出。一片孤帆從遠處飄來，彷彿發自水天連接處的太陽旁邊。

唐｜李白｜《望天門山》

吳楚東南坼，乾坤日夜浮。

(釋文) 吳、楚兩地在這裏被分割開來，整個天地恰似在湖中日夜浮動。

唐｜杜甫｜《登岳陽樓》

亂流趨正絕，孤嶼媚中川。

〔釋文〕 迅速截流橫渡，那對面的孤島處在江中，妍美悅人。

南朝·宋｜謝靈運｜《登江中孤嶼》

近澗涓密石，遠山映疏木。

〔釋文〕 近處的澗水流過密石，遠處的山巒映在稀疏的樹木之間。

南朝·宋｜謝靈運｜《過白岸亭》

返照亂流明，寒空千嶂淨。

〔釋文〕 晚景下縱橫交錯的小河相映明麗，深秋季節立如屏障的山峰潔淨清蕭。

唐｜錢起｜《杪秋南山西峰題淮上人蘭若》

青山繚繞疑無路，忽見千帆隱映來。

〔釋文〕 迴環旋轉的江岸有重疊的青山擋住了視線，似乎前面已無路可行。江回水轉，隱約可見前面駛來點點白帆。

宋｜王安石｜《江上》

林斷山更續，洲盡江復開。

〔釋文〕 樹林斷開的地方有山接續着，行到水洲盡頭時江面又開闊起來。

南朝·齊｜王融｜《江皋曲》

殘雲歸太華，疏雨過中條。
樹色隨關迴，河聲入海遙。

〔釋文〕 從樓上望去，幾朵殘留在天空中的雲彩，正向巍峨的華山飛去；一陣稀疏的雨點，飄過了雄偉的中條山。那蒼翠的樹色，從潼關一直伸向那遙遠的地方；而咆哮的九曲黃河，已匯入大海遠遠地奔流而去。

唐｜許渾｜《赴闕題潼關驛》

空山不見人，但聞人語響。
返景入深林，復照青苔上。

〔釋文〕 空山中不見人影，卻聽到人聲。深林裏一縷斜陽射來，照在青苔上。

唐｜王維｜《鹿柴》

澗底百重花，山根一片雨。

〔釋文〕 山溝裏有層層繁花，山腳下是一片細雨。

北朝・周｜庾信｜《游山》

煙水茫茫，千里斜陽暮。
山無數，亂紅如雨，不記來時路。

〔釋文〕 江上雲煙茫茫，夕陽西下，天色暗下來。四周無數青山，桃花像雨似的飄落下來，想回去可又記不得來時的路徑了。

宋｜秦觀｜《點絳唇》

黃河九曲天邊落，華嶽三峰馬上來。

〔釋文〕黃河曲折流長，彷彿從天邊而來；騎馬飛馳，華山似走來迎客。

明｜許彬｜《送李佑之赴陝西參議》

黃河遠上白雲間，一片孤城 **1** 萬仞山。

1 孤城：這裏指玉門關。玉門關在今甘肅敦煌西北，是古代由河西走廊通往西域的重要關口之一。

〔釋文〕縱目望去，黃河漸行漸遠，好像奔流在繚繞的白雲中間，就在黃河上游的萬仞高山之中，一座孤城玉門關聳峙在那裏，顯得孤峭冷寂。

唐｜王之渙｜《涼州詞二首》之一

野曠天低樹，江清月近人。

〔釋文〕原野極為寬闊，放眼望去，遠處天地相連，天似比樹低。江水清澈，人在船上，月亮好像與人親近了。

唐｜孟浩然｜《宿建德江》

樓觀岳陽盡，川迥洞庭開。
雁引愁心去，山銜好月來。

〔釋文〕登上岳陽樓，觀看天岳山之南，山林城市一覽無余，江水浩渺，流向一望無際的洞庭湖。大雁飛向遠方，好像把憂愁之心帶走了，月亮從山後冉冉升起，又像是山口銜吐出來的一樣。

唐｜李白｜《與夏十二登岳陽樓》

天地　自然

遙望齊州 [1] 九點煙，一泓海水杯中瀉。

[1] 齊州：又名中州，指中國。中國古分為九州。

〔釋文〕 俯觀人間，只見九州好像九點煙塵那麼渺小。而陸地之外的汪洋大海，猶如杯子裏傾瀉出的一點點水。

唐｜李賀｜《夢天》

潮落猶如蓋，雲昏不作峰。

〔釋文〕 雖然處在落潮的時候，水位仍然很高，如同江上籠罩着一面傘蓋；向晚的雲彩昏暗模糊，不能構成山峰的形狀了。

南朝·陳｜陰鏗｜《晚出新亭》

黯黯青山紅日暮。浩浩大江東注。余霞散綺，向煙波路。

〔釋文〕 青山漸漸變得深黑，太陽將要落下，浩浩江水向東流去，晚霞散出美麗的光彩，灑在江面上。

宋｜晁補之｜《迷神引》

四、雨

天外黑風吹海立，浙東飛雨過江來。

〔釋文〕 暴雨來時昏天黑地，巨風掀起滔天海浪，好像把海都吹得立起來了。浙東的雨都飛過錢塘江這邊

來了。

宋｜蘇軾｜《有美堂暴雨》

東風知我欲山行，吹斷簷間積雨聲。

〔釋文〕 春風知道我要到山裏去，特地把那下了好久的雨給吹散了，使天氣轉晴。

宋｜蘇軾｜《新城道中二首》之一

龍捲魚蝦並雨落，人隨雞犬上牆眠。

〔釋文〕 龍捲風夾帶着魚蝦隨雨落下，人隨着鳴犬爬上牆頭過夜。

宋｜蘇軾｜《連雨江漲二首》之一

白日曜青春，時雨靜飛塵。

〔釋文〕 太陽發着白光，照耀着如春的大地。及時的雨壓住了浮土，空中沒有半點塵埃。

三國·魏｜曹植｜《侍太子坐》

白帝城 [1] 中雲出門，白帝城下雨翻盆。

[1] 白帝城：故址在今重慶奉節東白帝山上。

〔釋文〕 登上白帝城樓，只覺雲氣翻滾，從城門中騰湧而出。往下看，城下大雨傾盆，使人覺得城還在雲雨的上頭。

唐｜杜甫｜《白帝》

好雨知時節，當春乃發生。
隨風潛入夜，潤物細無聲。

〔釋文〕 多好的春雨啊，好像知道時節變化。到了春天，它就自然地應時而生。隨着和風在夜裏悄悄飄灑，滋潤着萬物輕柔而寂然無聲。

唐｜杜甫｜《春夜喜雨》

遠峰帶雲沒，流煙雜雨飄。

〔釋文〕 挾帶雲氣的遠處山峰隱沒了，混雜細雨的煙靄飄動着。

南朝‧梁｜鮑至｜《奉和往虎窟山寺》

畫棟朝飛南浦雲，珠簾幕捲西山雨。

〔釋文〕 早上南浦飛來的雲霞，飄拂着雕梁畫棟的樓閣。傍晚西山颳來的風雨，席捲着樓閣珠飾的簾幕。

唐｜王勃｜《滕王閣》

雨中草色綠堪染，水上桃花紅欲燃。

〔釋文〕 青草在雨中綠得可以用作染料，桃花在水上紅得就如燃燒一般。

唐｜王維｜《輞川別業》

雨後卻斜陽，杏花零落香。

〔釋文〕 下過雨後，偏西的太陽又出來了。杏花被雨打落，仍散髮出芳香。

唐｜溫庭筠｜《菩薩蠻》

朔風吹飛雨，蕭條江上來。

〔釋文〕 北風把寒雨颳得飄浮不定，淒涼的氣氛從江上襲人而來。

南朝·齊｜謝朓｜《觀朝雨》

斷霧時通日，殘雲尚作雷。

〔釋文〕 在斷開的霧氣中不時露出太陽，從未散的陰雲裏還發出雷聲。

隋｜楊廣｜《悲秋》

黑雲翻墨未遮山，白雨跳珠亂入船。

〔釋文〕 黑色的烏雲好像打翻的墨水似的，還沒有遮住青山。雨水便像珍珠似的，跳着進入了船內。

宋｜蘇軾｜《六月二十七日望湖樓醉書五首》之一

雷聲千嶂落，雨色萬峰來。

〔釋文〕 滾滾的雷聲猶如千萬座高山崩塌下來，茫茫的煙雨之色猶如萬千座高峰推向前來。

明｜李攀龍｜《廣陽山道中》

微雲淡河漢，疏雨滴梧桐。

〔釋文〕 天上微微地點綴着一些雲彩，使得銀河顯得朦朦朧朧。稀稀疏疏的雨點，滴在了清秋的梧桐葉上，發出了滴答滴答的響聲。

唐｜孟浩然｜《斷句》

騰雲似湧煙，密雨如散絲。

〔釋文〕 浮滾着的雲像煙霧一樣湧動，細雨像散亂的絲線一樣密集。

晉｜張協｜《雜詩十首》之三

溪雲初起日沉閣，山雨欲來風滿樓。

〔釋文〕 登樓眺望，溪上雲升，日已西沉，山城驟雨即將來臨，飄風已先吹滿城樓。

唐｜許渾｜《咸陽城西樓晚眺》

溪聲夜漲寒通枕，山色朝晴翠染衣。

〔釋文〕 雨夜聽見溪水上漲的聲音，在枕上也感到寒氣襲人。早晨天晴了，雨後的山色青翠得簡直可以把衣服染綠。

宋｜張耒｜《屋東》

數峰清苦，商略黃昏雨。

〔釋文〕 連互的峰巒透着一片蕭疏、蒼涼，漫天正醞釀着一場冷雨，似乎就要趁着黃昏飄灑下來。商略：商量，準備。

宋｜姜夔｜《點絳唇·丁未冬過吳松作》

五、雪

千山鳥飛絕，萬徑人蹤滅。
孤舟蓑笠翁，獨釣寒江雪。

〔釋文〕 所有的山上，都看不到飛鳥的影子；所有的小路，都沒有人的蹤影。在一條孤零零的小船上，坐着一個身披蓑衣、頭戴斗笠的老翁，在大雪覆蓋的寒冷江面上獨自垂釣。

唐｜柳宗元｜《江雪》

不知庭霰今朝落，疑是林花昨夜開。

〔釋文〕 不知道庭院裏今朝落下了雪，還以為昨夜庭院的樹枝上開了花。

唐｜宋之問｜《苑中遇雪應制》

六出飛花入戶時，坐看青竹變瓊枝。

〔釋文〕 雪花飄飛進門的時候，坐着看那桿桿青竹都變成了潔白的瓊枝。

唐｜高駢｜《對雪》

如今好上高樓望，蓋盡人間惡路歧。

〔釋文〕 此時正好登上高樓去遠望，那人世間一切險惡的岔路都被大雪覆蓋了。

唐｜高駢｜《對雪》

天地　自然

白雪卻嫌春色晚，故穿庭樹作飛花。

〔釋文〕 白雪似乎耐不住這春天的姍姍來遲，竟紛紛揚揚，在庭前的樹木間灑下一片飛花。

唐｜韓愈｜《春雪》

地白風色寒，雪花大如手。

〔釋文〕 大地白茫茫，寒風凜凜，天上飄下的雪花大如手掌。

唐｜李白｜《嘲王歷陽不肯飲酒》

江山不夜月千里，天地無私玉萬家。

〔釋文〕 在積雪的照耀下，江山像白天一樣明亮。天地沒有私心，將玉一樣的白雪奉獻給千家萬戶。

元｜黃庚｜《雪》

雪似梅花，梅花似雪。似和不似都奇絕。

〔釋文〕 梅花和雪花形相似、色相近而質相異，神相別，像與不像都很美妙。

宋｜呂本中｜《踏莎行》

旋撲珠簾過粉牆，輕於柳絮重於霜。

〔釋文〕 雪花才打動掛簾又飛過了低牆，它比柳絮輕些，但比白霜還重些。

唐｜李商隱｜《對雪二首》之二

聚映早霞明野寺，散隨春水過溪橋。

〔釋文〕聚集在一起的白雪在朝霞的輝映下把郊外的寺廟映得格外明亮。飄散在小溪裏的雪花隨着流水一起穿過小橋，流向遠方。

宋｜王禹翶｜《霽後望山中春雪》

六、日

太陽初出光赫赫，千山萬山如火發。
一輪頃刻上天衢，逐退羣星與殘月。

〔釋文〕一輪紅日噴薄欲出，赫赫炎炎，千百座山就像燃起了火。頃刻間躍上天空，羣星與殘月都消退了。

宋｜趙匡胤｜《詠初日》

日沉紅有影，風定綠無波。

〔釋文〕夕陽西下，斂起耀眼的光輝，唯留一輪赤紅的影像。晚風停息了，湖面一平如鏡，綠水泛不起半點漪瀾。

唐｜白居易｜《湖亭望水》

飲罷為君登絕頂，俯臨落日看跳丸。

〔釋文〕飲酒之後為你登上南嶽絕頂，俯瞰漸漸西沉的太陽。

宋｜惠洪｜《將登南嶽絕頂》

七、月

一輪秋影轉金波，飛鏡又重磨。

[釋文] 中秋的圓月發出金色的光輝，就像新磨過的銅鏡那麼亮。

宋｜辛棄疾｜《太常引·建康中秋夜為呂潛叔賦》

中庭月色正清明，無數楊花過無影。

[釋文] 雲散後，庭院裏月光明亮，楊花在夜風吹拂下，悠悠飛過，疏形輕質，連一點影子都沒有留下。

宋｜張先｜《木蘭花·乙卯吳興寒食》

水邊燈火漸人行。天外一鈎殘月、帶三星[1]。

> [1] 三星：天空中明亮而接近的三星，有參宿三星、心宿三星、河鼓三星。

[釋文] 江水邊有了燈火，行人漸漸開始上路了，一彎缺月還帶着三星掛在天邊。

宋｜秦觀｜《南歌子》

水枕能令山俯仰，風船解與月徘徊。

[釋文] 人躺在船上看山，不覺水波起落，只覺山頭忽上忽下。躺在船上望月，不覺得船在風中忽轉忽橫，倒像是空中的月亮徘徊不前。

宋｜蘇軾｜《六月二十七日望湖樓醉書五首》之二

天地　自然

月下江流靜，村荒人語稀。

〔釋文〕 月明無風江流平靜，荒村戶寡人語稀少。

唐｜錢起｜《江行無題一百首》之二十七

月晃長江上下同，畫橋橫絕冷光中。
雲頭灩灩開金餅，水面沉沉臥彩虹。

〔釋文〕 金色的明月高掛在天空，彩色的木橋橫跨松江兩岸，水波瀲灩的江面映現出明月和畫橋的倒影，猶如空中的彩虹躍入眼簾。

宋｜蘇舜欽｜《中秋松江新橋對月和柳令之作》

月皎疑非夜，林疏似更秋。

〔釋文〕 月光明潔，使人感到不像是在夜間，樹葉還沒有長出來，枝頭顯得稀疏，好像秋天又到了一樣。

南朝·梁｜庾肩吾｜《奉和春夜應令》

東舟西舫悄無言，唯見江心秋月白。

〔釋文〕 各船上的人如醉如痴悄然無語，此時水波不興，唯有淡淡的秋月，映照在江心裏，明淨潔白。

唐｜白居易｜《琵琶行》

歸棹晚，載荷花十里，一鈎新月。

〔釋文〕 湖中划船夜歸，水上十里荷花，空中一彎新月，荷香月白，十分優美的情景。

宋｜黃裳｜《喜遷鶯·端午泛湖》

白雲千里萬里，明月前溪後溪。

〔釋文〕白雲飄浮，淪落天涯，遠隔萬里。明月朗照，友誼純潔，感情親近。

唐｜劉長卿｜《苕溪酬梁耿別後見寄》

如夢，如夢，殘月落花煙重。

〔釋文〕這一切都像夢一樣不存在了，只有殘月、落花和煙霧彌漫。

五代·後唐｜李存勖｜《憶仙姿》

纖雲四捲天無河，清風吹空月舒波。

〔釋文〕薄薄雲絲四面散去，天上不見銀河。空中清風飄飄，月光如蕩漾的水波。

唐｜韓愈｜《八月十五夜贈張功曹》

冰輪斜輾鏡天長，江練隱寒光。

〔釋文〕圓月斜轉，彷彿在明潔如鏡的江面上，把夜空的倒影輾長了。清澈的江水猶如一條白色的綢帶，隱隱映着一片寒光。

宋｜陳亮｜《一叢花》

沙上並禽池上暝。雲破月來花弄影。

〔釋文〕夜幕逐漸籠罩了大地，水禽並眠在池邊沙岸上，剎那間雲開月出，而花被風吹動，也竟自在月光照射下婆娑弄影。

宋｜張先｜《天仙子》

青女 **1** 素娥 **2** 俱耐冷，月中霜裏鬥嬋娟。

1 青女：即主管霜雪的女神青腰玉女。

2 素娥：即月宮仙子嫦娥。

【釋文】月皓霜濃的夜晚，兩位不怕寒冷的女神必在爭奇鬥豔。

唐｜李商隱｜《霜月》

明月照高樓，流光正徘徊。

【釋文】皎潔的月亮照在高樓上，溶溶的月光正徘徊不進。

三國・魏｜曹植｜《一首七解晉曲所奏》

明月澄清影，列宿正參差。

【釋文】明月發着清澈的光輝，羣星也錯落不齊地滿佈在天上。

三國・魏｜曹植｜《公宴》

夜靜水寒魚不食，滿船空載月明歸。

【釋文】深夜了，江水寒冷，連魚也不覓食，只有載着一船明月歸來。

唐｜德誠｜《船子和尚偈》

夜江霧裏闊，新月迴中明。

【釋文】大江在夜幕的籠罩下、在霧氣的覆蓋中，依然顯出它氣勢的壯闊。初生的一彎新月，雖遠在天邊，仍發出明亮的色澤。

南朝・陳｜陰鏗｜《五洲夜發》

洞庭秋月生湖心，層波萬頃如金。

〔釋文〕 洞庭寬闊無邊，秋月升起似從湖中鑽出。月光照在湖面上，萬頃洞庭一層層的波浪金光閃閃，有如熔化了的黃金。

唐｜劉禹錫｜《洞庭秋月行》

峨眉 [1] 山月半輪秋，影入平羌 [2] 江水流。

[1] 峨眉：峨眉山，在今四川峨眉山市西南。

[2] 平羌：平羌江，又名青衣江，發源於四川蘆山，流到樂山入岷江，在峨眉山東面。

〔釋文〕 在秋高氣爽、月色明朗的夜裏。乘着小船，從平羌江順流而下。

唐｜李白｜《峨眉山月歌》

野火初煙細，新月半輪空。

〔釋文〕 荒野剛剛燃燒起的火冒起青煙，黃昏時分升起的月亮，還朦朦朧朧，輪廓不太分明。

南朝·陳｜江總｜《秋日登廣州城南樓》

野曠沙岸淨，天高秋月明。

〔釋文〕 天高雲淡，空曠的沙灘經過大浪的沖洗顯得乾淨而細白，皎皎明月懸掛於天空，更顯出秋夜的安靜。

南朝·宋｜謝靈運｜《初去郡》

清溪咽。霜風洗出山頭月。

山頭月，迎得雲歸，還送雲別。

【釋文】清澈的溪流發出汩汩的聲音，霜風把山頭的月亮清洗得皎潔明亮。那山頭的月亮像人一樣也會迎雲來，也會送雲去。

宋｜李之儀｜《憶秦娥》

照之有餘暉，攬之不盈手。

【釋文】月光明亮，余暉皎潔，想用手去抓它，卻又不能。

晉｜陸機｜《擬明月何皎皎》

蟾蜍 [1] 碾玉掛明弓。

[1] 蟾蜍：俗稱癩蛤蟆。《五經通義》：「月中有兔與蟾蜍。」此處用蟾蜍指月亮。

【釋文】蟾蜍把雲碾開，天空出了一彎新月。

唐｜李賀｜《春懷引》

露從今夜白，月是故鄉明。

【釋文】今夜霜露格外白，月色還是故鄉的明亮。

唐｜杜甫｜《月夜憶舍弟》

露濕寒塘草，月映清淮流。

【釋文】寒冷的池塘邊，秋草被露水浸得濕漉漉的。淮水清澈，流波裏映着秋空的明月。

南朝・梁｜何遜｜《與胡興安夜別》

天地　自然

八、星

五更鼓角聲悲壯，三峽星河影動搖。

【釋文】五更時聽到戰鼓號角，起伏悲壯。三峽倒映着銀河星辰，隨波動搖。

唐｜杜甫｜《閣夜》

星垂平野闊，月湧大江流。

【釋文】星斗低垂在廣闊無邊的平野，月亮從奔流不息的大江之中湧起。

唐｜杜甫｜《旅夜書懷》

銀燭秋光冷畫屏，輕羅小扇撲流螢。
天階夜色涼如水，臥看牽牛織女星。

【釋文】秋夜白色的蠟燭發出微弱的光，給屏風上的圖畫添了幾分暗淡而幽冷的色調，有人正用小扇撲打着飛來飛去的螢火蟲。夜已深沉，寒意襲人，有人依舊坐在石階上，仰視着天河兩旁的牽牛星和織女星。

唐｜杜牧｜《秋夕》

一、松

千岩玉立盡長松，半夜珠璣落雪風。

【釋文】在千岩萬壑中亭亭玉立的盡是長松，松子如同珠璣在半夜裏隨着風雪撒落。

金｜雷思｜《食松子》。

月通深夜白，雪壓歲寒青。

【釋文】深夜月光照射如同白晝，大雪壓枝，松樹依然鬱鬱蔥蔥。

宋｜釋道章｜《偃松》

百尺無寸枝，一生自孤直。

【釋文】高高的松樹，筆直得連一個分杈也沒有。

唐｜宋之問｜《題張老松樹》

冰霜正慘淒，終歲常端正。
豈不罹凝寒？松柏有本性。

【釋文】冰霜形成一個淒慘冷酷的世界時，松樹還保持着它終年端正挺拔的常態。難道它受不到嚴寒的侵襲嗎？原來松柏本性就是堅貞不畏懼嚴寒啊！

三國·魏｜劉楨｜《贈從弟三首》之二

勁風無榮木，此蔭獨不衰。

〔釋文〕在勁厲寒風下罕有繁榮的樹木，獨有孤松蒼翠不凋。

晉｜陶淵明｜《飲酒二十首》之四

時人不識凌雲木，直待凌雲始道高。

〔釋文〕人們沒有事先識別凌雲木的眼光，直到它長得高入雲天後，才說長得高。

唐｜杜荀鶴｜《小松》

何當凌雲霄，直上數千尺。

〔釋文〕何時能夠長到數千尺，直插雲霄。

唐｜李白｜《南軒松》

青松巢白鳥，深竹逗流螢。

〔釋文〕青松的枝上住着白鳥，深竹叢中停留着流螢。

宋｜賀鑄｜《臨江仙》

高松出眾木，伴我向天涯。

〔釋文〕有一棵松樹長的比其他的樹都高，估計我走到天涯海角還能夠望到它。

唐｜李商隱｜《高松》

凌風知勁節，負雪見貞心。

〔釋文〕 在勁風冰雪中蒼翠挺拔，堅貞不屈。

南朝・梁｜范雲｜《詠寒松》

新松恨不高千尺，惡竹應須斬萬竿。

〔釋文〕 我恨不得讓新松長到千尺高，而對於惡竹，則必須全部加以剷除。

唐｜杜甫｜《將赴成都草堂途中有作先寄嚴鄭公五首》之四

二、竹

一片水光飛入戶，千竿竹影亂登牆。

〔釋文〕 陽光照在水面上，光亮又反射入房。窗外的許多竹影投在牆上，隨着太陽的移動，竹影就好像在爭先恐後登牆而上。

唐｜韓翃｜《張山人草堂會王方士》

千花百草凋零後，留向紛紛雪裏看。

〔釋文〕 冬日嚴寒，千花百草均已凋零，唯有窗前的竹子，仍然青翠碧綠。在大雪紛飛的時候去看，白中見綠，別具一番凌雪傲寒的情調。

唐｜白居易｜《題窗竹》

草木　花卉

自是子猷 [1] 偏愛爾，虛心高節雪霜中。

> [1] 子猷：即王徽之，王羲之子，晉代大書法家。據《太平御覽》記載，「王子猷嘗暫寄人空宅住，使令種竹。或問暫住何煩爾？嘯詠良久，直指竹曰：『何可一日無此君！』」

【釋文】 王徽之偏偏喜愛你，正是緣於你虛心高節、挺立於霜雪中的情操啊！

唐｜劉兼｜《新竹》

始憐幽竹山窗下，不改清陰待我歸。

【釋文】 窗外的綠竹依然那麼青翠如昔，似乎特意迎接我回家。

唐｜劉長卿｜《晚春歸山居題窗前竹》

咬定青山不放鬆，立根原在破岩中。
千磨萬擊還堅勁，任爾東西南北風。

【釋文】 竹在荒山野嶺中默默生長，無論是峰嶺，還是山溝，它都能以堅韌不拔的毅力在逆境中頑強生存。儘管一年四季經受着風霜雪雨的抽打與折磨，但它依舊傲然堅挺。

清｜鄭燮｜《竹石》

凌霜竹箭傲雪梅，直與天地爭春回。

【釋文】 竹子在嚴霜下像箭一樣筆直挺立，梅花傲雪盛開，它們好像在與天地對抗，要把春天爭回來似的。

清｜魏源｜《行路難》

草木·花卉

清寒直入人肌骨，一點塵埃住得無。

〔釋文〕清寒都直接鑽入人的肌肉骨骼之中，而竹子上一點塵埃也沒有。

宋｜陸游｜《雲溪觀竹戲書二絕句》之一

欲識凌冬性，惟有歲寒知。

〔釋文〕要想知道竹子那堅貞的操守，只有到了冰天雪地的時候。

唐｜虞世南｜《賦得臨池竹應制》

晚歲君能賞，蒼蒼勁節奇。

〔釋文〕隆冬萬木凋零時，你仍然可以看到修竹蒼翠，節節挺拔。

唐｜薛濤｜《酬人雨後玩竹》

三、柳

一樹春風萬萬枝，嫩於金色軟於絲。

〔釋文〕春風吹拂，千萬條的柳枝隨風起舞，它綻出的細葉嫩芽，望去一片嫩黃，比絲縷還要柔軟。

唐｜白居易｜《楊柳枝詞》

東風柳線長。

[釋文] 在輕微的東風裏，柳條下垂，宛如綿軟的絲線，緩緩飄拂。

南朝・梁｜范雲｜《送別》

會得離人無限意，千絲萬絮惹春風。

[釋文] 楊柳也體會離人之意，成千上萬枝柳條惹得春風吹拂。

唐｜鄭谷｜《柳》

楊柳青青楊柳枝，楊花落盡柳花癡。

[釋文] 楊青青柳依依，楊花已飄零殆盡，柳絮還在輕輕起舞。

唐｜劉禹錫｜《竹枝詞》

枝枝總到地，葉葉自開春。

[釋文] 長長的柳條拂地搖曳，嫩綠的柳葉片片都洋溢着春色。

唐｜杜甫｜《柳邊》

絆惹春風別有情，世間誰敢鬥輕盈？

[釋文] 垂柳絆惹着春風，起舞弄影別具柔情，世上還有誰敢與它比纖柔飄逸呢？

唐｜唐彥謙｜《垂柳》

柳絲裊裊風繰出，草縷茸茸雨剪齊。

【釋文】 風吹拂出纖細柔長的柳絲，裊裊娜娜隨風擺動；綿綿的細雨剪裁出柔密細細的嫩草，生機勃勃。

唐｜白居易｜《天津橋》

柔柳搖搖，墜輕絮無影。

【釋文】 柔軟的柳條隨風擺動，墜落的柳絮飄蕩得無影無蹤。

宋｜張先｜《剪牡丹》

新栽楊柳三千里，引得春風度玉關。

【釋文】 西征的大軍一路栽種楊柳，把春天帶到了玉門關外的邊疆。

清｜楊昌浚｜《恭誦左公西行甘棠》

碧玉妝成一樹高，萬條垂下綠絲絛。

【釋文】 高高的柳樹像碧玉裝扮成，低垂的萬千條柳枝，都像綠色的裙帶一樣。

唐｜賀知章｜《詠柳》

顛狂柳絮隨風去。

【釋文】 柳絮如癲似狂，肆無忌憚地隨風飛舞。

唐｜杜甫｜《絕句漫興九首》之五

草木　花卉

四、其他草木

一年好景君須記，最是橙黃橘綠時。

〔釋文〕你應記住，一年最優美的季節，是橙黃橘綠的時候。

宋｜蘇軾｜《贈劉景文》

山風吹空林，颯颯如有人。

〔釋文〕山中的秋風吹進空寂的樹林，樹葉沙沙作響，好像有人進入林中一般。

唐｜岑參｜《暮秋山行》

芳草有情皆礙馬，好雲無處不遮樓。

〔釋文〕芳草遍地似乎有情留人，馬兒也走不快。彩雲片片五光十色，處處輝映着樓台。

唐｜羅隱｜《綿谷回寄蔡氏昆仲》

香稻啄余鸚鵡粒，碧梧棲老鳳凰枝。

〔釋文〕那裏的香稻，不是一般的稻，是鸚鵡吃剩的稻；那裏的梧桐，不是一般的梧桐，是鳳凰棲老的梧桐。

唐｜杜甫｜《秋興八首》之八

五、牡丹

一年春色摧殘盡,更覓姚黃魏紫看。

【釋文】當一年的春光已被風雨摧殘殆盡時,再去尋找姚黃、魏紫這樣的名貴牡丹觀賞。

宋｜范成大｜《再賦簡養正》

三月牡丹呈豔態,壯觀人間春世界。

【釋文】三月盛開的牡丹呈現出的豔麗,成了人世間春天裏的壯麗景觀。

宋｜杜安世｜《玉樓春》

天香夜染衣猶濕,國色朝酣醉未蘇。

【釋文】花瓣明豔鮮潤欲滴,花色紅如醉臉。

宋｜辛棄疾｜《鷓鴣天·祝良顯家牡丹一本百朵》

有此傾城好顏色,天教晚發賽諸花。

【釋文】有這樣傾國傾城的好顏色,上天叫它遲開,豔壓羣芳。

唐｜劉禹錫｜《思黯南墅賞牡丹》

若教解語應傾國,任是無情亦動人。

【釋文】倘若能善解人意,自應當傾國傾城,就算沒有情感亦動人心弦。

唐｜羅隱｜《牡丹花》

草木　花卉

若佔上春先秀發，千花百卉不成妍。

[釋文] 牡丹若在早春先開了，那其餘的甚麼花都沒有美麗可言了。

宋｜司馬光｜《和君貺老君廟姚黃牡丹》

國色天香人詠盡，丹心獨抱更誰知？

[釋文] 人們都稱頌牡丹為「國色天香」，卻有誰知道它「丹心獨抱」呢？

明｜俞大猷｜《詠牡丹》

絕代只西子，眾芳惟牡丹。

[釋文] 女子中以西施為最美，而花朵中則以牡丹為最美。

唐｜白居易｜《牡丹》

唯有牡丹真國色，花開時節動京城。

[釋文] 唯有牡丹花才是真正的國色天香，牡丹花盛開時連整個洛陽城都轟動了。

唐｜劉禹錫｜《賞牡丹》

競誇天下無雙豔，獨佔人間第一香。

[釋文] 牡丹的豔香，舉世無雙。

唐｜皮日休｜《牡丹》

六、梅花

天迥雲垂草，江空雪覆沙。
野梅燒不盡，時見兩三花。

【釋文】天邊遠處冬雲低垂，要把地上的草蓋住似的；江水上空，雪花飄飛，把江邊的沙灘覆蓋了。季節雖臨嚴冬，但生命力強的野梅，正鮮豔開放，時時可以見兩朵三朵。

明｜劉基｜《古戍》

眾芳搖落獨暄妍，佔盡風情向小園。
疏影橫斜水清淺，暗香浮動月黃昏。

【釋文】百芳凋零，只有梅花豔麗地開放，小園的美麗風光被它獨佔。梅花疏朗的影子橫斜地倒映在清淺的水中，清幽的香味在朦朧的月光下飄散。

宋｜林逋｜《山園小梅》

林間傲骨須珍重，不到寒時不肯香。

【釋文】梅花不肯趕時髦，它有一副傲骨，不到冰天雪地時不肯發出清香。

宋｜林森｜《詠梅花》

梅須遜雪三分白，雪卻輸梅一段香。

【釋文】梅花雖然不如雪花那樣白，而雪花則沒有梅花那一股香味。

宋｜盧梅坡｜《雪梅》

欲傳春信息，不怕雪埋藏。

釋文 有了報春的志向，就不怕冰雪的寒冷。

宋｜陳亮｜《梅花》

横枝消瘦一如無，但空裏、疏花數點。

釋文 横斜、瘦勁的枝條彷彿看不見，但枝條間的幾點
梅花卻格外醒目。

宋｜朱敦儒｜《鵲橋仙》

七、蘭花

蘭葉春葳蕤（wēi ruí），桂華秋皎潔。

釋文 蘭葉在春風吹拂下紛披繁茂，桂花在仲秋明月的
輝映下更顯皎潔秀麗。

唐｜張九齡｜《感遇》

蘭艾不同香，自然難為和。

釋文 蘭花和艾草不同的味道，自然很難調和。形容好
人和壞人不能在一起相處。

唐｜孟郊｜《君子勿鬱鬱》

純是君子，絕無小人。

深山之中，以天為春。

〔釋文〕 蘭花的品質是地地道道的君子，絕無小人之態，它在深谷中自由開放，向天地放出芳香。

宋｜鄭思肖｜《畫蘭》

春風欲擅秋風巧，催出幽蘭繼落梅。

〔釋文〕 春風要勝過秋風的精巧，吹開了蘭花，在梅花謝落之後，又放出了濃郁的芳香。

宋｜蘇轍｜《幽蘭花》

春蘭如美人，不採羞自獻。

〔釋文〕 蘭花就像美女一樣，不用採擷香氣已撲面而來。

宋｜蘇軾｜《題楊次公春蘭》

能白更兼黃，無人亦自芳。

寸心原不大，容得許多香。

〔釋文〕 黃白相間，獨自盛開，花蕊雖小，卻芳香馥鬱。

明｜張羽｜《蘭花》

着意聞時不肯香，香在無心處。

〔釋文〕 當刻意去嗅其香味時卻聞不到，當不曾留意時，它卻散發出陣陣馥郁。

宋｜曹組｜《卜算子·蘭》

草木 花卉

八、菊花

不是花中偏愛菊，此花開盡更無花。

【釋文】並非我在百花中間對菊花特別偏愛，只是因為菊花開完之後，一年之中再沒有花可開了。

唐｜元稹｜《菊花》

寧可枝頭抱香死，何曾吹墮北風中。

【釋文】寧可一直守在枝頭，直到香消枯死，絕不肯被那北風吹落在塵土泥沙中。

宋｜鄭思肖｜《寒菊》

衝天香陣透長安，滿城盡帶黃金甲。

【釋文】整個長安城，都開滿了帶着黃金盔甲的菊花；它們散發出的陣陣濃鬱香氣，直衝雲天，浸透全城。

唐｜黃巢｜《不第後賦菊》

採菊東籬下，悠然見南山。

【釋文】採摘菊花在東籬之下，悠然間，那遠處的南山映入眼簾。

晉｜陶淵明｜《飲酒二十首》之五

莫言黃菊花開晚，獨佔樽前一日歡。

[釋文] 不要說黃色的菊花開得太晚，在深秋的宴席上，卻只有它同人們同享快樂。

唐｜黃滔｜《九日》

九、荷花

小荷才露尖尖角，早有蜻蜓立上頭。

[釋文] 荷葉才露出嫩綠的尖角，便有戲水的蜻蜓停立在上頭。

宋｜楊萬里｜《小池》

江南可採蓮，蓮葉何田田。

[釋文] 江南真是採蓮的好地方，那一眼望不到邊的荷葉是多麼茂盛俊秀呀！

漢｜樂府古辭｜《江南》

芙蓉露下落，楊柳月中疏。

[釋文] 荷花在冷露的浸泡下凋謝零落；柳樹的枝條在寒月的照射下已顯得稀疏起來。

北朝·齊｜蕭愨｜《秋思》

荷枯雨滴聞。

[釋文] 荷葉乾枯了，雨點敲打，聽起來格外凄寒。

唐｜孟浩然｜《初出關旅亭夜坐懷王大校書》

草木　花卉

十、桃花

人間四月芳菲盡，山寺桃花始盛開。

〔釋文〕四月間山下已是百花凋落，而山上桃花才剛剛盛開。

唐｜白居易｜《大林寺桃花》

去年今日此門中，人面桃花相映紅。
人面不知何處去，桃花依舊笑春風。

〔釋文〕去年的清明在城南的一座院落裏，見到一位姑娘倚着盛開的桃花樹，含情脈脈。今年的清明再去此地，姑娘已不知去向了，只見桃花依然盛開。

唐｜崔護｜《題都城南莊》

桃花盡日隨流水，洞在清溪何處邊？

〔釋文〕桃花整天都逐水漂流，桃源洞在溪流的哪一邊呢？

宋｜蔡襄｜《渡南澗》

桃花細逐楊花落，黃鳥時兼白鳥飛。

〔釋文〕桃花輕輕地追隨着楊花一塊飄落下來，黃鳥時時與白鳥共同飛翔。

唐｜杜甫｜《曲江對酒》

十一、杏花

一段好春藏不盡，粉牆斜露杏花梢。

【釋文】 儘管主人緊鎖大門，但大好的春光是鎖不住的。在那粉紅的圍牆上，杏花的枝梢已經斜斜地展露出來了。

宋｜張良臣｜《偶題》

小樓一夜聽春雨，深巷明朝賣杏花。

【釋文】 隻身住在小客樓上，一夜裏聽到春雨淅淅瀝瀝。明天早上，深幽的小巷中會傳來賣杏花的聲音。

宋｜陸游｜《臨安春雨初霽》

春色滿園關不住，一枝紅杏出牆來。

【釋文】 柴門雖然不開，滿園春色卻難以關住，你看一枝紅杏探出牆頭，不正在向人們炫耀着春天的美麗嗎？

宋｜葉紹翁｜《遊園不值》

莫怪杏園憔悴去，滿城多少插花人。

【釋文】 不要責怪杏園零落不堪，你沒看見嗎，到處都是杏花插滿頭的人。

唐｜杜牧｜《杏園》

草木　花卉

十二、梨花

月朧朧，一樹梨花細雨中。

【釋文】春天的夜晚，陰雲罩月，灑下一陣細雨，一樹梨花沾滿雨露，顯得詩意盎然。

宋｜陳克｜《豆葉黃》

折得一枝香在手，人間應未有。

【釋文】這一枝潔白清香的梨花，簡直不是凡界人間應有的東西。

宋｜王安石｜《甘露歌》

梨花千樹雪，楊葉萬條煙。

【釋文】千樹綻放的梨花像雪一樣白，萬條楊柳就像萬條輕煙在浮動。

唐｜岑參｜《送楊子》

十三、桂花

一枝淡貯書窗下，人與花心各自香。

【釋文】有一枝淡然佇立在書房窗前，人與花都香氣襲人。

宋｜朱淑真｜《木犀》

不是人間種，移從月裏來。

廣寒香一點，吹得滿山開。

【釋文】桂花馥鬱的香氣，不像是人間種的，倒像是傳說中月亮上廣寒宮的桂花，落到了人間。芳香吹開了，像漫山遍野的花一樣到處留香。

宋｜楊萬里｜《木犀》

何須淺碧深紅色，自是花中第一流。

【釋文】何必用淺綠的葉襯托深紅的花！桂花淡泊而有風骨，自然要屬花中第一流了。

宋｜李清照｜《鷓鴣天·桂花》

十四、薔薇花

有情芍藥含春淚，無力薔薇臥曉枝。

【釋文】芍藥花瓣上的雨滴就像多情人眼裏的淚珠；薔薇的柔弱枝條如同無力起坐一般，匍匐在地。

宋｜秦觀｜《春日》

十五、海棠花

只恐夜深花睡去，故燒高燭照紅妝。

【釋文】只恐夜深海棠花已睡去，特意燃燭高高地照着它的嬌姿。

宋｜蘇軾｜《海棠》

草木
花卉

海棠不惜胭脂色，獨立蒙蒙細雨中。

〔釋文〕那海棠不吝惜自己的紅豔姿色，獨自於蒙蒙煙雨之中亭亭玉立。

宋｜陳與義｜《春寒》

嫣然一笑竹籬間，桃李漫山總粗俗。

〔釋文〕竹籬邊的海棠嫣然一笑，那漫山遍野的桃李花都顯得粗劣俗氣了。

宋｜蘇軾｜《寓居定惠院之東，雜花滿山，有海棠一株，土人不知貴也》

十六、其他花卉

木末芙蓉[1]花，山中發紅萼。
澗戶寂無人，紛紛開且落。

[1] 芙蓉：蓮花的別稱，因辛夷（木筆樹）花和蓮花形狀顏色相似，所以這樣稱。

〔釋文〕寂靜的山澗裏，辛夷花自開自落，自生自滅，不假外物，不關世事，也無人知曉。

唐｜王維｜《辛夷塢》

芳樹無人花自落，春山一路鳥空啼。

〔釋文〕滿樹盛開的花朵沒有人來欣賞，一路春色迷離，只有鳥兒徒勞地在山谷啼唱。

唐｜李華｜《春行寄興》

濃綠萬枝紅一點，動人春色不須多。

〔釋文〕濃鬱的綠葉中，一朵妍麗的紅花就足以使春色顯得妖豔動人。

宋｜王安石｜《詠石榴花》

嫩竹猶含粉，初荷未聚塵。

〔釋文〕嬌嫩的竹竿未經人摩物觸，仍裹着如霜的白粉；初生的荷葉沒有塵埃聚集。

南朝·陳｜徐陵｜《侍宴》

鳥獸　魚蟲

一、鳥獸

幾處早鶯爭暖樹，誰家新燕啄春泥。

（釋文）在一些向陽的樹上，已經有黃鶯在鳴叫。剛飛來的燕子，正銜泥作新窩。

唐｜白居易｜《錢塘湖春行》

山瘦松亦勁，鶴老飛更輕。

（釋文）嚴冬山瘦水寒之時更能顯示出青松的蒼勁，老鶴由於身體消瘦飛翔起來就顯得更加輕盈。

唐｜司馬退之｜《洗心》

風暖鳥聲碎，日高花影重。

（釋文）微風和暖，鳥語細碎，豔陽高照，重疊的花影投射在地上。

唐｜杜荀鶴｜《春宮怨》

鳥歸沙有跡，帆過浪無痕。

（釋文）鳥落在沙灘上，留下了足跡。船行駛江面，沒留下一點痕跡。

唐｜賈島｜《登江亭晚望》

弄風驕馬跑空立，趁兔蒼鷹掠地飛。

（釋文）健壯的馬，戲風騰空而立。追趕兔子的鷹，拂地而飛。

宋｜蘇軾｜《祭常山回小獵》

兩個黃鸝鳴翠柳，一行白鷺上青天。
窗含西嶺千秋雪，門泊東吳萬里船。

[釋文] 兩只黃鸝在青翠的柳枝間相互追逐，唱出了悅耳的歌聲。成行的白鷺在高空中自由自在地飛翔，好像要與青天相接的樣子。在這個小小的窗口可以看到巍峨的西嶺，白雪千年不化，像一道雪砌的屏障，橫亙西部。門前沿河停泊着許多商船，萬里奔波，經常穿梭於蜀地和東吳。

唐｜杜甫｜《絕句》

草枯鷹眼疾，雪盡馬蹄輕。

[釋文] 平原草枯，鷹眼格外銳敏之積雪已消，駿馬奔馳少沾泥土，便覺得馬蹄輕快疾馳。

唐｜王維｜《觀獵》

虹收青嶂雨，鳥沒夕陽天。

[釋文] 青山晚霽，虹現鳥歸。

唐｜李商隱｜《河清與趙氏昆季宴集得擬杜工部》

野鳧眠岸有閒意，老樹着（zhuó）花無醜枝。

[釋文] 野鴨在岸邊睡覺，顯得十分悠閒；開着花的老樹上沒有難看的枝條。

宋｜梅堯臣｜《東溪》

雁持一足倚，猿將兩臂飛。

【釋文】大雁用一隻腳站着不動，猿猴則靠兩條臂膀騰躍
如飛。

北朝·周 | 庾信 | 《和宇文內史春日游山》

漠漠水田飛白鷺，陰陰夏木囀黃鸝。

【釋文】水田廣漠，一行白鷺掠空而過；夏日濃蔭，傳來
黃鸝婉轉的啼聲。

唐 | 王維 | 《積雨輞川莊作》

二、魚蟲

細雨魚兒出，微風燕子斜。

【釋文】濛濛細雨中，魚兒歡躍，時不時跳出水面；微微
風中，燕子斜飛。

唐 | 杜甫 | 《水檻遣心二首》之一

暗飛螢自照，水宿鳥相呼。

【釋文】夜光漸暗，螢火蟲提着小燈籠，閃着星星點點微
弱的光；那竹林外小溪旁棲宿的鳥兒互相低喚。

唐 | 杜甫 | 《倦夜》

蟬噪林逾靜，鳥鳴山更幽。

〔釋文〕 山林裏有些單調的蟬聲和鳥聲，環境反倒顯得更加寂靜幽深了。

南朝·梁｜王籍｜《入若耶溪》

潭清疑水淺，荷動知魚散。

〔釋文〕 俯首碧潭，水清見底，懷疑水淺會沒有魚來上鈎；驀然見到荷葉搖晃，才得知水中的魚受驚游散了。

唐｜儲光羲｜《釣魚灣》

露重飛難進，風多響易沉。

〔釋文〕 露水多，蟬飛起來就很困難；風聲大，叫聲就顯得很低沉。

唐｜駱賓王｜《在獄詠蟬》

鳥獸　魚蟲

索 引

索引